远山在呼唤

唐恩明　著

天津出版传媒集团
百花文艺出版社

图书在版编目（CIP）数据

远山在呼唤 / 唐恩明著 . -- 天津 : 百花文艺出版社 , 2023.6
ISBN 978-7-5306-8566-2

Ⅰ . ①远… Ⅱ . ①唐… Ⅲ . ①散文集—中国—当代
Ⅳ . ① I267

中国国家版本馆 CIP 数据核字 (2023) 第 080664 号

远山在呼唤

YUAN SHAN ZAI HUHUAN

唐恩明　著

出 版 人：薛印胜
责任编辑：魏　青
装帧设计：书点 書點文化
出版发行：百花文艺出版社
地址：天津市和平区西康路 35 号　邮编：300051
电话传真：+86-22-23332651（发行部）
+86-22-23332656（总编室）
+86-22-23332478（邮购部）
主页：http://www.baihuawenyi.com
印刷：四川科德彩色数码科技有限公司
开本：880 毫米 ×1230 毫米　1/32
字数：144 千字
印张：5.75
版次：2023 年 6 月第 1 版
印次：2023 年 6 月第 1 次
定价：76.00 元

如有印装质量问题，请与四川科德彩色数码科技有限公司联系调换
地址：成都市郫都区成都现代工业港北片区港北二路 551 号
电话：028-88451797　邮编：610021

目录
CONTENTS

三 梦萦小站

四 真情延绵

五　穿越时光

六　远山呼唤

后　记

一 童年印记

油枕·脚丫·小灰屋

难忘啊,童年的夏季！一连好几个夏天,都在我记忆中闪烁。

一切都湮没在夏日里那袅袅的迷蒙炙焰中，一座小小的灰砖扳道房，在视野的车站尽头颤抖。父亲就在那蒸汽机车煤烟熏得发黑的灰砖小屋里，管理着四副沉甸甸乌黑闪光的道岔、四架道岔显示信号机、一架预告信号机和一架进站信号机，在小灰屋的一角整齐摆放着煤油信号灯。

20世纪60年代初，我还是个不懂事的学前小娃。那时候，车站运转职工在当班时间内一律不能回家吃饭，午饭得由家里人送到岗位上去。

记不清多少个夏日，南方的太阳晒得大地炙白打颤，我眼中的远景，全在烈烈炙焰中袅袅颤抖。中午，我提着铝质的双层圆形饭盒，给一公里外的父亲送饭。因为当时我人小腿短，不能轻松敏捷地在排列整齐但距离很大的枕木上迈步，于是我只好侧转身，学着螃蟹的姿态迈出脚步：一双赤脚丫、赤裸裸地踏在晒得冒泡并闪闪发亮的沥青油枕木上,烙烫得好生痛呀。我蜷缩着十个小脚趾头，随迈出的脚丫立即牵出缕缕乌黑的油丝线，身后的油枕上留下实实在在、轮廓清晰的一串黑亮的脚丫印，稚嫩的脚丫底粘着炙烫的一层沥青，而沥青覆盖着被烙起的一排排水泡，就这样，我一步一个脚印地踏着无数根油枕，走在那似乎总也走不到尽头的铁道线上。

好不容易我来到小灰屋前，把一盒饭和一盒菜递到正守候在岗位上的父亲手里。因为这小灰屋是“行车重地”，按规定即使是自己的儿女也不能久留，我看着父亲极迅速地把饭菜送进嘴里，便又提起空饭盒踏上那冒着油泡的枕木铺就的回家路。

回到家中，我早已是汗流浃背，母亲见状心疼地替我擦洗脚丫，涂抹一些药水，她说：下次千万要记住穿上凉鞋才能去给爸爸送饭。我只是点头答应，可一到夏天我就乐意打赤脚，送饭时总也记不住穿上塑料凉鞋上路，我那欢快的脚丫自然常常被沥青炙烙，久而久之，小小脚底居然长起老厚的茧子。

这是我童年的经历，我总是不自觉地忆起那被骄阳晒得冒亮泡的油枕木，忆起沥青炙烙我脚丫板的那股滋味，那粘上就怎么也甩不脱的脆生生的疼痛，它至今使进入中年的我回味无穷。

猫耳梁，我童年的一道风景线

大约在我满四岁以后，便成天向妈妈嚷嚷着要读书。其原因主要是我们火车站家属区的几个哥哥姐姐都上学去了。寂寞的站区，没人陪我玩了。可他们好像整天都在蹦蹦跳跳，唱唱闹闹，并时常在我眼前炫耀。这就使我产生一种感觉——读书是好玩的，它使人快活、永无烦恼。

在我脑海深处，存有一幅画：火车站的后边是家属区，家属区的南边，有一座高不过十米、方圆不过五十米的完整巨石构成的小山丘，我们称之“猫耳梁”，此名儿取它小巧玲珑之意，不是吗？作为一道山梁，它实在是太“袖珍”了。每天不到太阳落下西边远山，我就登上猫耳梁向远方眺望。只见一条弯弯曲曲的马路，从我脚下这猫耳梁底部的一口水井边，伸向朦胧中的钢铁厂子弟校。在如血夕阳映照的马路上，我眼巴巴地搜寻着放学归来的小学生身影。我一直站在猫耳梁上，直到远方出现如蚁而动的小黑点，那黑点由小变大，由黑点化成人影向我靠近，于是我兴冲冲地撒腿冲下猫耳梁，去迎接第一个放学归来的学生。

拉着拥着那学生，一路上打听学校发生的趣事，回去还赖在那学生家里，翻看他配有图画的课本，他们的图画作业本最使我着迷，里面画着的一只只帆船，我横看竖看也不像船，在我眼里它分明是一颗颗硕大的钻石嘛；一面五星红旗和一颗太阳被染得又红又黄；一片色彩斑斓的森林是用夸张的各色蜡笔绘出来的。这一切使我感到既新奇又着迷，哪怕是小学生们手里最不起眼的学习用具等小玩意儿，于是我要读书的愿望更强更烈。回到家中，少不了又向妈妈吵吵嚷嚷。

“我要读书啊！越早越好。”这是我童年最大的愿望。

一个秋天的早晨，天气又阴又冷。我终于背上妈妈早为我买好的蓝布书包，拉着大龄的同学一道翻过猫耳梁上学去了。

我的心愿终于实现了。第一天上学的情景和心情，我是永世难忘。忘不了我那单肩斜挎的细带蓝布书包，那搭盖上有两个眼儿，包面上有两颗黑纽扣，纽扣下边缝有一个能装些小玩意儿、小文具的荷包，可别小看它哟，这在好些同学拎布袋的当时，算是最时髦的了。

新开学的学校，寂静了一个暑假后又沸腾起来。大龄的同学引导我来到这陌生的世界。在一年级的教室里，负责报名的老师是一位四十多岁的男人，他坐在一张桌子后边开始“考”我了，只见他鼓大了镜片后的眼珠，伸出左手问我道：“这是几根手指头？”

“五根。”我羞怯地答道。

“这又是几根呢？”老师伸直了右手的五根手指，与左手的五根指头并成一排。

“十根！”我勇敢而又肯定地答道。

只见老师将这十根并排的指头向我面前一伸，“嗯”，接着将双手翻转一面，使十根指头仍并成一排，又向我面前一伸：“那么，这又是多少根呢？”

“二十根！”我变得更加勇敢而坚定。

“嗯！”老师的脸由阴转晴，极其满意地点着头。接着就问及我的姓名、年龄、家庭住址和父母姓名等，我都极顺当地答上。能不顺当吗？在上学的路上，大龄同学都以他们的经验和教训，非常明白、极其仔细地教导我：老师要怎么做怎么问，你要怎么做怎么答。我的入学考试过关了，作为一个合格人选正式入学了。

天黄黄地黄黄，眼前闪烁金色阳光。我走进了几年来憧憬的校门，回家去还向妈妈转述老师教的《乌鸦喝水》，绘声绘色地给弟弟们讲述《狼来了》，向比我小的学龄前邻居小孩子炫耀《猴子捞月亮》和《猴子掰玉米》等故事，我那颗幼稚童心也得以满足，我好幸运啊，再也不用在夕阳西下时，登上猫耳梁，眼巴巴地向远方眺望，飞奔直下猫耳梁去迎接放学归来的学生们了。而当我放学归来时看到的，在猫耳梁上站着迎候我的，是我的弟弟们和邻家小孩的弱小身影和渴望的眼睛。

在涪江边上，一条乌黑闪亮的铁道，一座小小的石头质地的猫儿梁，一条弯弯曲曲的马路，还有马路拴着的两公里外的那座学校。这是我童年的旅行线，也是我成年后总在脑海深处不断梦呓着的一道淡淡的风景线。

那早已远去了的，我梦中的猫耳梁……

背书

“文化大革命”进行到一定阶段，全国老幼都开始读“老三篇”。期间学校停过一段时间的学，复课后仍读四年级的我，也加入朗读大军，课本中已经编入了毛泽东的“老三篇”，每学完一篇，李老师就要安排一次测验，方法很简单很省事——背课文。

难耐的六月，烈日炎炎，上了一整天的课，老师同学都很疲倦。夕阳西下，已经越过涪江对岸，江水在金色阳光下闪烁着耀眼的一片碎金光芒，教室里的西窗紫檀雕花木格像烤焦了一般，焦糖一般的气味弥漫整个教室。在充满毫不流动的湿热气团的教室中，李老师手里拿着课本，在两排课桌间的过道里来回踱步，细心凝听着那些仰头闭眼、头朝天花板左右摇晃、朗朗有声的学生们背诵“老三篇”。李老师的脚步一到我身边，我就心惊胆战……我觉得每一天过得慢慢悠悠，“老三篇”中的每一篇也被拉得长长绵绵。我心里总是充满着沉闷和恐惧，特别是这个夏天。

李老师规定，每个同学必须背完整整一篇，方能放学回家。我抱着试探的心理，拘谨地来到李老师跟前，开始享用他那被庄严拉长的脸，开始结结巴巴背诵“老三篇”。那时节，使我感兴趣的、能够记住的、认识到的，只是愚公带领一家老小挖山不止实可钦，白求恩是个医生从加拿大跑到中国来帮我们打日本侵略者诚可嘉，张思德为革命烧炭不幸牺牲令人佩。对于小学四年级的我，那课文实在太长太长了。这一天，我没能背完《为人民服务》，李老师把我留了下来，直到夕阳西下，看我实在没办法背完，他才说："你回去吧，明天再接着背。"

我飞奔出校，回到家，天已黑尽。父亲远在成昆线工作，家里只有母亲，她见我这么晚才回家，心里早猜到八九分，仍问我道："为啥这么晚才回来呢？"

"背不了'老三篇'，被老师留下了。"我战战兢兢地回答。不由分说，妈妈拿出早已备好的"黄荆条子"。即将发生什么事情，我心里非常清楚，于是我立即抱住妈妈的手，快速且极其诚恳地下了保证：明天一定背完课文。说到这黄荆条子，它名气可大了，古有廉颇负荆请罪，今有川西坝子老话"黄荆条子出好人"，它在我心目中，是那样的可钦可敬可惧。在大人的眼里，这春发芽、夏叶茂且开放着一簇簇紫蓝色小颗粒花的灌木黄荆树条，确是"教子"的绝好工具，是"望子成龙"传统的顶级教具。妈妈手中的黄荆条子匀速地起落有致，且在空气中呜呜作响，我跟随着那一起一落的节奏便开始呼天喊地、撕心裂肺号啕起来，身上的肌肤顿起指头般粗的红道道，阵阵火辣辣、惊颤颤、脆生生的疼啊，燎在皮肉，颤到心灵深处。

"妈妈呀，我明天要背好了，明天要背完了！"我反复向妈妈保证着，请求她快快住手。她看到对黄荆条子如此敏感的儿子，如此诚恳地向自己做出可怜巴巴的、牵魂动魄的保证，黄荆条子陡然从手中滑落在地，木然地站立着一动不动，眼里噙满慈祥、悔恨、期盼的泪光。一会儿，她蹲下身来，母子抱成一团，母亲不停地用那温厚的手抚摸着我的头，我只感觉到，她那热热的泪珠，像断了线的珠子，滴落到我的头上、脖颈上、身上以及心灵深处。

第二天，我脑海里带着黄荆的记忆，照例上学去了。课间和课余，我的确花了不少功夫，可一到夕阳西下，就重复着往日的心绪,烦闷和恐惧。看到同学们在李老师面前一个个过了关，我的心就更加慌乱，脑海里总也赶不走那呜咽起落的黄荆条，母亲那慈爱的眼神和断线的泪珠，于是，我那悬着的心禁不住又怦怦起来。

又到夕阳西下时，我像是踩踏着涪江边炙热的散碎金光，一步三顾地回到了家，紧接着我又真真切切饱尝妈妈无奈给予的黄荆条生动又牵魂的滋味，那味道，我至今还向我那十岁的儿子津津乐道。

第三天，我照例带着屁股上的红肿伤痕又上学去了。夏日炎炎好漫长，老师困顿，学生疲倦，下午的三节课一完，我们又挨个排队去背“老三篇”。李老师太累太困太疲倦，渐渐地有些漫不经心，眼皮也开始间歇性下拉，很快轮到我去背诵。开篇我还背得认真顺畅，渐渐地李老师的眼睛不时游离课本向窗外张望，此刻正值我背到卡壳处，见此状，我趁机迅速跳跃到课文中部的一段，而且津津有味朗朗有声，还不时用余光瞄着老师，接着又见李老师已经完全耷下了眼皮，于是我又迅速跳跃到课文的最后一段。这一段我记忆最深，便很认真很有力地一转眼背诵完了。

“李老师，背完了。”我高兴地向老师喊道。这一喊，老师一惊，醒了。他睁大惺忪的眼睛，定了定神，“嗯，那好，回家吧。”于是他迅速在课本上签了字，又喊道：“下一个！”

在夕阳的光照里，我蹦蹦跳跳着，轻松走在涪江边上通往回家的路,一路上,那真是鸟儿在叫,鱼儿在跳,金色阳光在闪耀,这时的我感觉到夕阳就是初升的太阳，涪江水是那样的清甜爽朗，路旁的黄荆条子也在频频向我招手致意，它那紫蓝色的小粒花也散发出甜蜜、悠远、清新的芬芳。我仿佛看到，家门已敞开，妈妈依着门框笑着向我招手，黄荆条子早已束在门背后的铁钉上。

母亲自然不知道我是怎样过的背诵关，但我心里却结了个疙瘩，日后也因此更加努力用功。后来，“老三篇”我也能倒背如流，时至今日我仍能背得上来。但使我刻骨铭心的，还是母亲手里那起落有致、呜呜作响的黄荆条，还有它触及我皮肤那脆生生、火辣辣、惊颤颤的牵魂滋味，它在我心目中，总是那么生动，那样鲜亮，以致深刻地警示我那将要滑落的生性。

你听，那冥冥的空际中，黄荆条子又在开始呜咽。

“呜，呜，呜……”

难忘那一碗热腾腾的麦汤面

正读小学三年级时，各单位大力开展捍卫行动，机关、学校、医院、工厂全部参与，轰轰烈烈的阵势浩荡而紧致。学校集合全体师生，校长说："你们回去对爸爸妈妈讲清楚，学校提前放假了。"

假期虽然漫长，但在我的记忆中却是最美好最惬意的一段时光。纷扰中难得宁静的夏日里，我们钻进了郊外的乡间竹林，跳进了清悠悠的涪江水，潜在江水下尽享那清凉和幽绿，喧嚣的尘埃下，捕捉活蹦乱跳的鱼虾，用细柳枝穿成几串欣喜地提回家。

复课了。我得知这消息是初秋的一个早晨，那天很阴很凉，一颗久玩疲惫又渴望上学的心居然怦怦乱跳。就像上学期那样，我又按部就班地收拾好书本，兴高采烈背着书包走向学校。

上课铃摇响了，那黄铜质地的铜铃铛，像一个硕大的鸭梨，仍由一位校工举着手臂一前一后地摇晃着，环绕学校大院走上一圈，它的声响在阴冷的清晨，依然那样清脆好听，那节奏既和谐又悠扬。教室换了间新的，一位年轻的老师走进教室，我们三年级一班的全体同学呼啦啦地站起来问好，这位班主任是新来的李老师。

可我的脑海里始终浮现出那位瘦高个、戴着一副淡黄色圆圈厚镜片的刘老师，这时他就站在我的眼前，咧着他那扁扁的嘴唇，操着一口标准的普通话，如若天气寒冷，他的脖子上还围有一条花格的长条围巾，课间操时带领我们学生围圈打排球。我总也想不通，眼前的李老师为什么就替换了我们的刘老师呢？

渐渐地，小同学们开始传着不知是真是假的消息。听说刘老师原是一个大地主的儿子，在城里拥有诸多房产、园林和铺面，在乡下还有好多的田地，每年要收很多的地租。因为家道殷实，刘老师进了省城读师范，毕业后就回到涪江边的小县城教书。新中国成立后，土地分给农民，房产、店铺收归街道办事处，园林就辟为现在市内的文化公园。传说刘老师最近几年利用教书作掩护，常常在夜深人静时发电报。我心里也颇感害怕，你想想我们全班学生与他朝夕相处，居然没发觉任何异常。后来看了《二十响的伯克枪》故事之后，更加重了后怕。

我记起在刘老师的寝室里，的的确确有一只红塑料壳的袖珍收音机。我们去刘老师那里请教他解答难题时，他也曾给我们玩过，还经常放歌曲给我们听，诸如《南飞的大雁》《北京有个金太阳》，还有《红灯记》《沙家浜》和《智取威虎山》等样板戏。记得一个冬日阴冷的下午，我们五个同学因为背诵不完九九乘法口诀表被他留下来继续背。

天色太晚了，他就叫我们五个人去他寝室里，点燃泥地上的煤油炉子煮着什么东西，我们就继续背诵，一会儿，他就煮好了五大碗面条，热气腾腾地端到我们面前，喊道：“大家快来吃面条啰！”

“别凉了啊，吃完了再接着背嘛。”说完他就笑盈盈地站在那里望着我们五个人。

冬日里，这拥挤的宿舍里立即飘荡着一阵热腾腾的郫县豆瓣和着麦面汤的香气，看到他那可敬可亲的模样，听着他那和蔼可亲的笑声，我们又冷又饿，端过大碗狼吞虎咽地呼啦啦连汤带水吃起来。而他又躬下腰，从眼镜上方鼓着眼珠再继续煮他自己的那一碗。

大家吃完热汤面，身上脸上都冒着热腾腾的雾气。刘老师发话了：“今天不背了，明天接着再背，你们也该回家去了。”于是他按亮手电，在夜色中冒着寒气分别护送我们回家。在路上，他还给我们讲一些古代和外国科学家的故事，也讲王愿坚的《党费》和《七根火柴》，说到高兴处，他还唱歌给我们听，唱那《八月桂花遍地开》《上甘岭》里的插曲《我的祖国》。

我没想到，教书教得那么好、对人和蔼可亲的刘老师怎么就被别的老师替代了呢？以至后来二十多年，我在心里总惦记着这事儿，惦念着不知去向的刘老师。

20 世纪 80 年代的第一个春天，从宝成线来的雍大姐，原是我家邻居。她说，刘老师当年被弄到农村劳动去了，现在已平了反，正在县中学教高中毕业班呢。作为学生的我很庆幸，刘老师有这样的结局，我的心也彻底踏实了，从此不再挂念。

弟弟哭着要我抱

20世纪六七十年代的中国家庭，都极其清贫且生活艰难，不像现在什么都有，物质生活丰富。那个年代绝大部分家庭子女多，学前的教育和哺育是粗糙而不科学的，父母首先哺育第一个子女，后面出世的年幼子女的抚养和管理，无一例外地落在了年长的子女身上。

随着岁月的流逝，早已进入中年的我，虽然在负重爬坡，闲暇之余，却常常忆起那早已雨过烟消的旧事，特别是自己孩提时和兄弟姊妹的一件件平凡小事。我还能清晰地忆起每一个情节，心底陡然升起一股亲切的暖流，它像一股温馨的蜜糖，缓缓流注心田，随着回忆次数的增多，亲情也倍增，蜜糖汩汩，那沟沟坎坎也渐渐填平，以至使那蜜糖溢出心田。

一段回忆，冷不防溜进我的脑海……

1976年的初冬，我记得天气阴霾，寒风透骨。我那六岁的四弟左腿膝弯处因扭伤长出一团血瘤需要动手术，于是转院到我住读地方的一家医院。读高中的我，因父母相隔遥远又都忙于生计，于是去医院照顾四弟的重任自然落在我肩上，除了每天放学去为四弟做菜煮饭，我还常利用课间空闲去医院陪他，因学校就在近邻，很方便。

一天傍晚，我在医院外科病房过道上，正用煤油炉做饭，突然听到窗外街上传来阵阵口号声和游行队伍杂沓的脚步声。病房坐西朝东，西边开有一个窗户，窗外是不高的围墙，墙外便是街道，游行队伍从窗外大街走过，那声响便清晰地直冲病房。四弟的病床正好在西窗下，他听到外面的动静，就大声叫我：“大哥，你过来。”我走到了他床边。他又说：“大哥，你背我到街上去看看吧。”我见他左腿缠着绷带，而且刚动完手术被固定在病床上，动弹不得，就对他轻声说：“你看，才动了手术，医生不准你动，一动就会把伤口拉伤，你就忍忍吧。”我知道，他左腿膝弯里，还有鸡蛋大一个窟窿，里面还塞着一大团药棉，目前伤口正在长肉愈合。

四弟躺在病床上，听着外面的热闹声，看着自己缠满白纱带并固定在病床的腿，又想到那远方的父母，于是就抱住我脖颈在床上伤心地嘤嘤哭了起来。我越是哄他，他越把我抱得紧，哭得越厉害。他继续哭着，街上继续着游行队伍的呼号声。片刻后他突然用哭腔对我乞求道：“大哥，你能不能抱我起来，让我从窗户看看。”

“行啊，行，行……”我急忙答应了他。我想，四弟这么小就受这么大的伤痛折磨，又这么长时间离开父母，这么长时间（近一个月）躺在病床上，而且跟前只有我这么一个亲人，我有什么理由拒绝他呢？虽然下午放学时班主任杨晓玲老师特地通知全班同学，要求每个人必须参加游行，但是我还是请了假来照顾弟弟。既然是专门来照顾四弟，为何不把他照顾得更好些呢？

于是我解开了绑住四弟右腿的胶带和纱布，使劲抱起右腿缠满绷带不能弯曲的四弟，蹲在床上把他托举到窗户边缘，让年幼的他尽情地观赏那灯火辉煌的街道和那热闹的场面，看那怎么也过不完的游行队伍，听那一阵高过一阵的口号声和歌唱声。我看到四弟被街灯照亮的幼稚而欣喜的脸庞，一面为他解说，一面向他指明自己应在游行队伍的哪块方队中。为使他喜笑颜开，我撑起力量不足的手臂，唯恐他看不到或看不好又或是跌落下来摔坏伤口。看到他眼睛闪着快活光芒，我心里甜滋滋的。我想，我已经是大人了，已经为四弟做了只有大人才能做的事。于是我憋足了力量，继续撑起他，让他接着看，直到游行队伍完全消失在长街的尽头，我才把他放在床上躺下。这时，我的手臂虽然非常酸痛，但是心里像糖一样的甜蜜……

我演“李玉和”

我是铁路子弟，小时候进出火车站很少受阻拦，放学之余，经常出入车站玩耍。那个年代火车站的站台上，解放军某部常常在此迎接欢送首长，最隆重最时髦也是最有面子的欢迎欢送仪式，便是演唱《红灯记》《沙家浜》《智取威虎山》等选段。

只见一男一女穿着有四个兜绿军装的两个兵，既英俊潇洒又威武雄壮，他们腰扎褐色宽皮带，斜挎用红绸包裹的小手枪，留着三七分的发式，演唱时两条手臂随着唱腔变化恰到好处地挥动着，一会儿扮演“指导员和沙奶奶”，一会儿扮演“李玉和与李铁梅”，还要扮演“杨子荣和小常宝”“胡传魁和阿庆嫂”，他们唱完一段又一段，一曲唱毕又接着一曲，看得我们眼馋也学着哼哼几句。只见从车门旋梯走下来的首长非常满意地，微笑着轻轻鼓掌，缓缓走向排列在车门两边的演员和迎接首长的官兵，并和蔼可亲地与他们一一握手并称赞道：“不错啊，不错！”这情景立刻引来阵阵的掌声，有如六月间的暴风雨一阵紧似一阵，引得列车上的旅客都把脖子伸出车窗外，羡慕不已。

学校是培养革命后代和传播知识能量最重要的阵地和场所，当然也不甘落后，课间不做健身操改跳忠字舞，体育课也专门用来排练样板戏。

一天，班主任李老师，出乎意料地叫住我，他说：“我们四年级三班决不能落后，国庆节全市文艺汇演，我们班一定要有像样的拿手戏。”

他顿了一下想了想，又对我说：“你是铁路工人的儿子，你爸爸肯定有一盏号志灯对不对？他应该也有一顶像李玉和那样的大盖帽和铁路制服。我认为，你演李玉和最合适。你回家去向你爸爸说清楚，把他的号志灯、帽子和铁路制服都借来用用，用完就立即归还。”

我感觉得到，这是个被重视的机会，我不能拒绝老师的安排，即使父亲上班要用这些东西。可我们是用这些东西来表演革命样板戏的呀，这是一项光荣而艰巨的革命任务。于是，我像鸡啄米似的直点头，非常欣喜非常荣耀地接受了这个任务。回到家对父母一说此事，出乎意料，他们比我想象的觉悟还要高很多，父亲表示很乐意借用：“你明天就带到学校去吧！”

第二天，我们班级正利用体育课开始排练革命样板戏《红灯记》。由于我个头矮小，李老师说不符合要求，他眉头一皱计上心来，于是就叫我扮演戏中的“王连举”。这个人物我知道，他最初也是地下党员，后来经不起考验成了叛徒，在全剧中要出好几次场，也算是一个重要的配角。可是，这角色的个头要求不能太矮也不能太高，于是我这个班上的“幺巴尖儿”又得靠边站。还是李老师睿智，他干脆安排我表演戏中的“跳车人”。可不是吗，号志灯、大盖帽还有那套毛呢铁路制服，是我从父亲那里借来的，总不能说连一个小龙套也不让我演吧，老师不说我也想得到的，何况这“跳车人”的戏并不复杂，简单得要命，很好演，只需要站在戏台左侧幕布后的乒乓球台上，随着火车的轰鸣声之后一声枪响，我就猛力向下一跳，在戏台中部偏左处趔趄几步后，砰然有声倒在戏台上再也不许动弹了。就这么简单，我极神速地进入了角色，并且演练自如，特别是那砰然一声倒下一动也不动的技巧，更是令整个“戏班”以及李老师频频佩服、惊叹，万分满意。

可以想见，等到国庆节时，在全市中小学校文艺汇演的戏台上，我是怎样摔下那砰然一声极绝妙的一跤，又是怎样使得台下的所有观众折服，并报以雷鸣般掌声和满堂的惊呼、欢笑。

那场面，肯定令人久久难忘。

二 驿道歇宿

螃蟹·古币·岷江拾趣

几经辗转，我们一行人来到四川省青神县瑞风镇码头，寻到一家姓易的船主。木船逆水而上，因水势不大，便很顺利地到达上游隔江三里远的中岩寺老码头。谢过船家即登上岸头，我们拾阶而上来到中岩寺的水月楼，这楼后是“梅园”招待所，我们选定了在这风景如画的地方下榻，为的是在此完成一部书稿的校样。

在乘船的过程中，船家告诉我们，这岷江历来生长肥美的螃蟹,建议我们在寺中住下后,可以亲自去岷江边中岩寺捉螃蟹，然后拿到私营小酒馆里加工，用来做最好的下酒送饭的美味佳肴。我们将住宿安顿好后，互相邀约着来到岷江边，在船家易姓父女的带领下，沿岷江东岸向下游的江边，我们一边搬开江水边的小石块，一边从水里捞起活蹦蹦的肥厚螃蟹。为免于被大蟹螯夹伤手指，船家指教我们捞蟹时动作要灵敏，要非常快速地将螃蟹装入预备好的塑袋中。不到一个小时，我们几个人居然捉了五斤螃蟹，有人还想继续多捉些，大家都说吃不完，有人急于快点回去加工尝鲜。

见已硕果累累，我们便打道回府，把五斤螃蟹送到水月楼旁边的小酒馆里。酒馆的老板姓侯，他说，加工螃蟹非常简单省事，因岷江里的螃蟹本来很肥腴，只需用少许菜籽油将其炸至酥脆金黄，然后加少许清水和姜蒜焪蒸一会儿，装盘后撒上些许食盐和花椒面即可食用。我们等着这顿丰盛美味的晚餐，可这时才中午两点。我提议，在晚餐还没做出来之前，可抽空闲游览中岩山各景点。此意正中同行者下怀，于是我们四人冒着迷茫浓雾，从中岩山的下寺即水月楼启程，不到三个小时我们便游览完毕中岩山的下寺、中寺、上寺的各景点，拖着疲惫的身躯下山，回到了小酒馆。

侯老板早已将酒菜摆上木桌等候开饭，我们迫不及待地拧开竹叶青,用手抓起诱人的香脆金黄的螃蟹吃了起来。吃过晚饭，天还没黑下来，我们在竹叶青那十足后劲的驱动下，冒着蒙蒙烟雨,来到水月楼前的岷江边上,看那岷江之水奔腾流逝的壮景,听那沥沥成线的雨丝鞭打江边大榕树浓密的叶片。

江水对岸远方的朦胧处，是令人神往的瑞草桥，世说为苏东坡的外家和岳家之处所。近代人林语堂先生的《苏东坡传》，便将苏东坡的青少年时代及其与名仕王方（岳父）之女王弗（首任夫人）时常活跃在瑞草桥与中岩山的情景怡韵，考证并描绘得淋漓尽致。只可惜我们四人中没有哪一个记着带上这本书。突然,我在江边鹅卵石缝隙中发现一枚古钱币,一看是枚“乾隆”,再看前面，又有一枚，是“光绪”，我还想要一枚，我们一群人在江边不断追逐着，争先恐后地跑着，可是没有，再也找不到一枚铜钱。

我感到自己很幸运，居然还能拾到珍稀久违的古铜币，足见此地历史的悠久、经济的发达以及文化的厚重。望着隔江对岸的朦胧雨烟，我的思绪不禁漫游在古蜀嘉州的青神大地，穿越时空，串联历史与未来。看前方江面上，还有那似婴孩的睡眼一眨一眨的渔火闪烁，看眼前，空灵迷茫的暮雨烟雾中，一切都随我们脚下这急速奔流的满江流水，一如既往、不可逆转地向南、向东流去，流逝在无尽的悠远历史长河中。

暮色渐浓，寒气愈重，雨点愈大，我脚踏卵石，头顶烟雨浓雾，手中紧紧捏住两枚古铜币，心满意足又心怀惆怅地回到“梅园”宿舍，拧开电灯，来到临江的阳台。昏黄的灯光几乎被夜色吞噬，我用手指把两枚古币按在阳台的条石上，应和着房边树叶被雨点击打的节奏，嚯嚯地、机械地来回打磨那铜锈厚重、早已失去本来面目的古铜币。

这时，正值夜深人静，同伴们早已枕着江涛在幽幽的渔火阑珊深处梦眠。

神秘的泸沽湖之旅

在米易工务段招待所里，同伴的鼾声大得压过雷声，尽管一整夜没合眼，但清晨还得向泸沽湖进发。

由于车况不好，车经华坪后在海拔三千多公尺的打火山上搁浅。战河镇一夜我们三人守护在没修好的车子里，饱受了高山寒冷的六月雪风的摧残，于是只有坐起来聊天，点燃香烟取暖。第二天又三进三出战河镇，只因为修好的车刚开不远又坏。好不容易赶到宁蒗县吃了顿饱饭，又匆匆上路，于黄昏时刻到达泸沽湖边的洛水村住下来。

神秘的泸沽湖令人神往。万山丛中嵌着一面巨形宝镜，神奇地把亘古凝固在里面。在一户姓朝的摩梭人家住下后，我们便邀约着到湖边拍泸沽湖夕照美景。夜晚两百多游客聚集在洛水村场坝上,围着一堆篝火同摩梭人一道举行别具情调的晚会。主持人是一对年轻的摩梭男女，男的名叫夹尼松依品丛，是个很有组织能力和应变力的小伙子。主唱人名叫丁尔达斯拉丛，是个有着三个孩子，已满三十一岁的女性。晚会开始由摩梭人歌舞队表演他们的特色歌舞，接着由歌舞队和来宾对歌，对歌结束是宾主共跳锅庄舞，把晚会推向高潮。最后一首《欢送曲》将欢乐带进静谧的夜空，留在人们的甜梦里。

洁净的太阳光洒在一尘不染的泸沽湖上，洒在正忙着拍摄泸沽湖晨照的人们身上，清爽的空气使人感觉不到这正是六月的夏天。上午我们乘坐摩梭小伙阿吉汝的猪槽船荡漾在泸沽湖的水面上，同相邀而行的船上女主人对歌。于是摩梭姑娘那极富特色的女高颤音便在极富弹性的碧绿的水面上回荡，坐船人那高亢激昂的喝彩声也一阵阵地在湖面上反弹，整个泸沽湖完全被歌声笑声包围。驾船人阿吉汝说，我们要去游览的右边那个岛是鸟岛，也叫里务比岛，它是泸沽湖最大的一个湖心岛。岛上有完好的寺庙。左边的岛叫蛇岛，也称作谢娃峨岛。阿吉汝说他自己是土司的孙子，新中国成立前的土司府就建在蛇岛上。相传 1949 年以前有一个名叫落克的美籍奥地利人就住在岛上的土司府里，他在此岛上修了一座用来研究当地摩梭人民俗、婚俗，并收集整理东巴经书的房子，而修房用的大量玻璃等装饰材料也全是空运过来的。后来洛克回美国去了，整个土司府的构建图纸也被他带走。听说这图纸现在英国，岛上只能见到丛树中隐约的基石。阿吉汝还说，自己想投资重建土司府搞旅游，但是又拿不出所需的两百多万元，只有从小处划划船做起。

中午吃过摩梭人做的泸沽湖鲫鱼汤和肥而不腻的摩梭老腊肉，我们一行匆匆上路，大家谈论着泸沽湖的风俗、锅桩舞和猪槽船，耳边不停地响起摩梭姑娘那美丽的歌声，你听那高亢悠扬、圆润甜美的歌声又在泸沽湖畔响起：

玛达咪玛达咪

不管你从哪里来

来了就是朋友

来了就不要走

深情的山水都伸出了手

留你在山清水秀的泸沽湖

娜哈阿巴

玛达咪阿娜哟阿咪咪……

丽江行

游过泸沽湖，我们一行人便向往着丽江那另一番景象。六月二十八日，当我们乘坐的汽车来到永胜县城郊区时，朋友们就惊叫起来：“看啊，玉龙雪山！”大家贴近车窗看去，只见西北方向的群山之上，玉龙雪山傲然独立于云天之际。那寒光四射的万年雪峰仿佛伸手可触。早就听说这座未被人类征服的处女峰，是中国最南端的现代冰川，也是同一纬度线上的最高山峰；更听说过玉龙雪山脚下丽江古城以及神奇的纳西族东巴文化。趁着兴头，我们在永胜城郊匆匆吃过午饭、又匆匆驱车赶往“高原威尼斯”——丽江。

整个下午都爬行在盘山道上。过了金沙江大峡谷，汽车行进在平缓的高原坝子上，虽然是仲夏，可大家仍觉寒意不浅。傍晚七点到达丽江城，趁着天色未黑，我们观望一下丽江大致情形，便在丽江行署第二招待所住了下来，随后来到老城区四方街的一家纳西族饭馆。在吃饭过程中，我们向饭馆老板打听丽江的景点和游览路线，他介绍说，丽江值得游玩的地方很多，主要有大研古城、玉泉公园及园中的东巴文化研究所和陈列馆、玉龙雪山等等，并详细说明了游览顺序和路线。为节约时间和方便起见，老板为我们介绍了两姐妹做导游。姐姐叫赵琳，随母姓，在丽江旅游公司工作；妹妹叫和俊梅，随父姓，就读云南民族学院旅游外事文秘系，正值暑假回家度假。我们约定，第二天早晨七点在第二招待所门前见面。

吃完晚饭，我们就开始游览大研古城。丽江城即大研镇，是丽江地区行署所在地。大研镇有古城、新城之分，我们要看的正是古城。据史料记载，古时候，从云南大理经丽江至西藏拉萨再进印度，有一条著名的“茶马古道”，这就是被当代人称作的“南方丝绸之路”。丽江处在滇藏公路的交通要冲，是进出西藏的重要关口，也是滇藏贸易的物资集散地。历史上的纳西族人积极参与了对内对外的贸易往来和文化交流。因此，大研镇就成为轻纺织业、手工业较发达的地区。其中铜器、银器、皮货久负盛名，对外远销南亚的印度等国家，对内销往西藏、四川等地，深受群众喜爱。当年徐霞客离开丽江时，当地首领木氏土司爷就以铜锁相赠。

大研镇始建于南宋年间，距今约八百年。建城以前的大研镇地区，只是兵家仓库重地，原先的丽江街市在今天丽江城北的白沙乡，当时的木氏宫室在今天的漾西木家桥。大研镇之名，相传为明朝木氏土司命名，“大研”即大砚，与今天大研镇西南方的文笔山相对应，就将丽江坝子想象成一个大墨砚，将丽江城命名“大研”，寓文化兴邦之意。

丽江古城是很有特色的。首先，在地势的选择上，北倚象山和金虹山，西枕狮子山，背西北面东南。城中花木早苏，四季如春。其次，在水的利用上，玉河水从黑龙潭南流至城边的双石桥处一分为三，而后又三分为九，分别流入城中，使每一条巷道都有流动的清冽泉水，古城中每户人家都有小桥流水垂柳成行。难怪有人称之为“东方的高原威尼斯”。再次，是广场及街道的设置独具特色，以四方街为中心向四方辐射出四条街道，街道铺着五花条石，经千百年人踩马踏，光溜平滑。四方街的卫生清扫极为方便，在广场西端河边有一座石头闸门，提闸放水，河水涌入整个广场，即可将街面清洗干净。其他街道的居民，也常常用水瓢舀水清洗街面。据报道，丽江城至今无专业清洁工，但每年卫生评比都是先进单位。这四方街的设计也颇具匠心，它的起源据说是土司爷依照官府大印的式样设置，取“权镇四方”之意，历来是集市贸易之场所。尤其四角伸出的四条街道，沿街铺面林立。在不远处又专设有几个小广场，平时用作居民歇息之地，闹市时作辅助市场和疏通人流之用，在由无数条小巷道和拱桥联结成四通八达的交通网状中，识路者可任意走通每一条巷道，不识路者若入八卦迷宫而不得复出。

不仅如此，古城还有极富特色的石拱桥、石牌坊、木牌坊，更有那全城清一色的“人”字形屋架瓦房院落的古建筑，没有现代平顶房杂入其中，瓦房有平房和楼房两种，有四合院，也有三房一照壁，均为土木结构。难怪 1986 年国务院的官员们来到丽江考察，称丽江是我国优美古城中留有全貌的仅存者，当年就被列为国家级历史文化名城。

第二天一大早，身着纳西族服装的两位导游小姐首先领着我们来到玉泉公园。玉泉是丽江城的主要水源，泉水约半里，它清冽甘甜，游人到此均以手捧水喝个痛快，既能解渴，又能延年益寿。从前每年三月都举办庙会，现辟为公园。泉中建有“得月楼”，四面环水，仅有一桥与岸边相通。玉龙雪山倒映水中，“游鱼戏雪”为丽江一大景观，园中有郭沫若撰写的对联：“龙潭倒映十三峰，潜龙在天，飞龙在地。玉水纵横半里许，墨玉为伴，苍玉如神。”联尾题曰：“心向往之，何日能得一游耶”等几行小字。既写出龙潭神韵，也表达了郭老向往一游而未能如愿的遗憾。听两位导游小姐说，这玉泉水冬暖夏凉，颇有润肤养颜之功效。久居城中人，远避雪风，近临玉泉，使肌肤柔润红嫩，历史上的大研镇女人就以肤色姣好而著称。不仅如此，用玉泉水做出来的糍粑、鸡汁豌豆凉粉等小吃也远近闻名。

随后，我们来到园内的东巴文化研究所和东巴文化陈列厅，初步了解并看到这世界上唯一保留完整，至今还“活着的象形文字”。说到这神奇的东巴文化还有一个故事。1945 年，当第二次世界大战结束时，德国沦为战败国，到处是战争留下的创伤。当时一个普通居民每天的粮食只配给两片面包、四个土豆和二两米饭。面对这百废待兴的局面，战后联邦德国第一位总理阿登纳居然同意柏林图书馆以重金从意大利东方研究所购回一部东方奇书，虽然他们谁都不知道书中写的是什么，但仍然将它收藏于图书馆内。这部奇书就是用中国纳西族的象形文字书写的《东巴经》。为什么这《东巴经》能从中国漂洋过海流传到意大利呢？这与一个叫洛克的美籍奥地利人有关。他 1884 年出生在奥地利，1962 年逝世于夏威夷。他 13 岁开始自学汉语，18 岁离家漫游欧洲，1913 年加入美国籍，20 世纪 20 年代初，他应美国农业部之邀来到泰缅等国寻找药用植物，却意外地在玉龙雪山下的丽江地区发现了摩梭人和纳西文化，他一见钟情，在丽江一住就是20年，其足迹遍及玉龙山区和泸沽湖地区，收集了大量的东巴经书，后来在西方出版过《中国西南的古纳西王国》等著作。当时为筹集出书经费，他便把一部分经书卖给了意大利东方研究所，这就是《东巴经》漂洋过海的来历。

为什么东巴文化对西方人能产生如此大的魅力，并在中外兴起空前的东巴文化热呢？这得从东巴文化的来历和性质说起。东巴文化指纳西族古代文化，因保存于东巴教而得名。东巴教为纳西族先民的一种宗教，它信奉万物有灵，崇拜多神，祈求民族繁荣和发展。其祭司“东巴”，也称“智者”，集巫、医、艺、匠于一身，是纳西族传统文化的主要继承者和传播者，是纳西族古代知识分子，《东巴经》即东巴们念诵的经书。早在一千多年前，纳西先民就创造了一种古老的象形文字，纳西语称为“思究鲁究”，意为木石之印记。它是书写在木片和石头上的文字符号。这种文字有直观象形、寓意象形和谐音象形等几种造字方法。东巴们为了念诵经书，用这种象形文字记录下经书的内容，同时也发展了象形文字，使它更规范化、系统化、大众化。这种象形文经书，记录了纳西族先民关于宇宙和人类起源的传说，记录了纳西社会丰富多彩的生产、生活、战争、迁徙的历史，其内容涉及纳西族的宗教、历史、哲学、天文、语言、文学以及农牧、生物、冶炼、武器等领域，真是洋洋大观，包罗万象，国内外学者因此称之为“古代纳西族社会的百科全书，是一部又神又奇的书”。东巴文化神就神在把宇宙的形成，解释为一种物质，即光、气、音、露的不断运动变化，由混沌变清澈，产生出天地和万物；人类则是宇宙中的蛋，经过一系列的碰撞、震荡而产生出来的。东巴文化奇就奇在它有两万多册，上千万字的经书，都写在木片上，石片上，后来书写在布帛上、纸张上，其文字的构造与书写方法，堪称世界一绝，是世界上唯一存活的古文字。

近年来，国内对东巴文化的研究一浪高过一浪。我们可以从丽江现实社会文化生活中看到东巴文化的存在，如寺庙中的锦幡，街道居民家中的对联、绘画、书法以及传统节日和祭祀活动的音乐、舞蹈，还有工艺品商店中出售的东巴工艺品等。这些独特的民族历史文化只需稍加开发，使一些服务设施配套，再加上对东巴们的重视保护和对东巴文化的发掘，随着改革开放的进一步深化，丽江这个纳西古国也掀起了一场经久不衰的探奇寻古的旅游热潮，丽江地区的经济也将随之振兴和飞跃。

从东巴文化陈列馆出来，导游带领我们乘车向玉龙雪山的东侧奔驰。汽车飞驰在笔直的公路上，两位导游小姐一边拿出录音带播放《热美蹉》（纳西古歌），一边为我们讲解纳西族的风土人情。姐姐赵琳介绍说，纳西族有着与婚姻无关的恋爱风俗，纳西族语称为“味若火”，即男女相会或郊游之意。这是一项与婚姻毫无关系的专属青年人的娱乐和社会活动。纳西人的近代婚姻，深受内地封建礼教的影响，主要不由本人选择而由父母决定。而渊源于游牧时代的自由恋爱之风无法消失，以至流传至今。如果年轻人到十五六岁时还不会去“味若火”，人们就说是“憨公鸡”或“憨姑娘”，如果某人的异性朋友越多就越被人们推崇，而被称之为既有才华又能干的能人。因此，父母对子女们的男女交游，是不加干涉的。“味若火”有约定的地点，一般在便于集中的娱乐场所，有固定的也有临时的，最理想的聚会场所是在大研镇的几个大小广场。

“味若火”的形式主要是对情歌和跳舞，而跳舞只在四方街等固定场所进行，对情歌是青年男女的专有物，双方都用假嗓音唱，其内容是比才学，斗智力。而跳舞则是老少皆宜的大众娱乐活动。纳西族人跳的舞是一种名叫“阿丽理”的古老踏歌，节奏舒缓，步伐简单。由一对男女领唱，众人相随，脚踏着节拍、边唱边旋转，颇能愉悦身心。有的外地不知情的人说，纳西族人谈恋爱时兴排队。妹妹和俊梅补充道：经过对歌跳舞，男女之间从交往到相互了解，进而到相互爱恋，但婚姻又是极不自由的，常使情投意合的男女难以成婚，于是就产生了由反抗包办婚姻引起的跑婚、抢婚，以至于殉情等习俗。跑婚和抢婚是使婚姻既成事实，而殉情则是使男女双方的恋爱结合理想化和悲壮化的一种形式。它是在逃婚和抢婚均未成功的情形下做出的选择。殉情作为一种社会现象，自有其社会原因。自古以来,纳西族人有着漫长的游牧迁徙历史,也曾经历女权制社会，那时男女结合是以爱情为基础，就像今天尚存于云南宁蒗县泸沽湖摩梭人中的“阿夏婚姻”，自由结合自由分离，不存在殉情的诱因。约在元明之后，纳西族统治者硬性推行从内地学来的封建婚姻，从而剥夺了青年的自主权，婚姻全由父母定夺，加上封建统治的残酷，封建礼教的重压，人民生活艰苦，交通闭塞，环境封闭，经济文化落后等原因，造成了殉情风的盛行。因此有人称丽江是“殉情之都”。殉情本是男女双方配合进行才能得以完成，但主动提出者，在丽江绝大多数是纳西族女人。

因此人们又称纳西族女人为“不怕死的女人”。

听到这里，我们不仅了解到纳西族更深层的历史文化，而且更加敬佩被称为纳西族脊梁和灵魂的女性。此时，汽车正好来到白水桥边停下。这白水桥下有两条溪流，因两条河床底石颜色的缘故，形成了黑水和白水两河。听导游说，在这里看玉龙山是最佳位置，著名的“绿雪奇峰”景观就在于此。但今日天公不作美，我们等了将近两个小时，云雾仍然罩住雪峰，雪线上的雪堆大约只显露了四五分钟就很快隐去。随后便是云雾弥漫，霏霏小雨也随着雾气扑面而来。看来，要走近玉龙雪山一睹真面目确非易事，更何况登上玉龙雪山的巅峰。难怪这海拔 5596 米的凌空玉龙，还是未被人类征服的处女峰，中国和日本的登山队曾多次攀登均未如愿。

从白水桥回到四方街，我们一行人有的赶紧来到古街古桥旁补拍照片，有的就在琳琅满目的铜器市场选购自己喜爱的黄铜火锅和其他纳西族的特色器具。在四方街的路口，我们向两位导游小姐道别后匆匆地踏上了归途。汽车出城时由于交通堵塞时走时停，好似我们依依不舍的心情，虽然丽江一游只有匆匆一日，但这座高原的历史文化名城却给我们留下了难忘的印象。渐渐地，汽车远离了丽江城，可我们每个人的耳朵里仍然响着两位导游小姐唱的那首“哦热热”（慢慢些之意）——

青山高又高，
山高白云绕，
白云一片片，

片片是羊群，

是羊群，

是羊群，

哦热热，

哦热热，

片片是羊群……

大连游览随记

在北京住了还不到两年，就觉得很腻味了，那么庞大一个城市，我竟然找不到一个消磨时光的好去处，特别是放假的时候。又到国庆节了，要放几天假，我感到无所适从，想回家吧太远，而且时间也不够用，那么总应该找个什么地方去消化了这几天吧，于是我想到了独自去大连走走。

匆忙上路总是考虑不周全，且必定要遭些罪这是常规，让自己兴奋起来在火车上熬过一个通宵。九月二十九日早上五点钟我从睡眼惺忪中醒来，便看见车窗外有一颗圆圆的太阳，像塑料袋里滑动的蛋黄一样穿梭在晨雾之中，这时列车已进入瓦房店境内。七点一过，便见到真真切切的太阳，它是那样洁净，它的光线是那样细长而又晶亮，车窗外那些房屋和山林像是没有一丝空气阻隔那样的清爽。顿时那一夜的困倦和腰腿的酸痛已一扫而光。

八点钟一过，大连也就到了。出了大连火车站，广场上人挤车多，我听到一辆旅游专车上导游小姐姐高声叫道："去旅顺的快上车了。"我还没回过神来就莫名其妙地跳上车，当然也立刻赢得了满车游人大笑——游车终于坐满了。汽车穿越大连市区，向东南方向的旅顺进发，一路上导游热情地介绍所经过的景点、地名来历和传说故事。

旅顺下车，一股腥风迎面吹来，四处充满着海鱼的腥味，这是近海者腥的缘故。旅顺没有大连那样的大都市气势，只像小县城那样小巧玲珑般亲切，只是街道建筑和名字早已“斯大林化”了。接着我们首先登上了旅顺口的电岩炮台，它是日俄战争的遗址，现存有沙俄火炮四座，它们都昂首挺胸于电岩山岗之上，阳光下那火炮的黄漆闪烁着昔日的硝烟火光和今日的荒凉。徒步下了电岩山，便在旅顺军港五号门拍照，这里有一座张大嘴巴呼啸着的威武石狮雕像，它面向旅顺军港出海口，时刻注视着海上的动向，守护着身后亿万人民的安康。接着参观了旅顺博物馆、中苏友谊纪念碑、蛇岛自然博物馆等地方。吃过午饭又接着参观了旅顺日俄监狱旧址，最后参观了刚刚对外开放的旅顺苏军烈士陵园，在一位苏军抗日军官的墓碑旁，忽然钻出来一条青蛇，惊扰了墓地的一片寂静。随即我们就返回大连，在途中我非常庆幸游车的摇晃，那通夜的困倦换作一路甜蜜的酣睡。

一觉醒来，汽车已在大连市区南端海边的白云山上，穿过葱葱郁郁的山间公路来到了月秀峰，这里有许多今日结婚的夫妇身着婚礼服正在摄像拍照，作为游客的我们，为观赏大海便要求游车在此停留，于是大伙来到燕窝岭上。这岭巅边缘是一壁悬崖，崖边的凉亭与大海只一步之遥，但走下山岗穿过大片松林来到海边却花了近半个小时。站在黑褐色的海礁上，面对湛蓝而宽阔且被远方的薄雾遮掩的大海，此时更显空寥，大伙欢呼雀跃，呼唤着远方的亲人，惊叹大海的博大胸怀。阵阵摘取海白菜海蛎子和发现小海蟹的惊呼声和欢笑声此起彼伏，我一脚踩滑险些摔倒在海水里，一个海浪涌来，荡去我鞋上的几日风尘。此时正值夕阳西下，太阳在海天之间闪着金光，垂钓的人还横支着钓竿期冀一天报偿，拾蛎人还咬着牙掰下那只吸附更紧的大蛎子。我们脸上鎏金溢彩，一张逆光照片写下了一瞬永恒的辉煌。大伙乘兴回到游车上，每个人开始数叨着海边的收获和玩海的惊险，玩得不过瘾的游客们又来到了老虎滩公园，这时天色渐黑，大伙害怕园里的六只“老虎”，于是就回到市里的交通饭店。

一身劳顿一身旅尘只需一餐一浴。夜晚无事，花上一元钱乘坐 203 路有轨电车到了寺儿沟走了一个来回，享用了那破旧又叮当摇晃日本造的铁壳木门、木窗、木坐板。我感觉大连的市政交通是立体的，不仅有现代化的飞机、轮船、火车和大中小巴士，还有年代久远的有轨电车。这里既有昔日的殖民地历史痕迹，也有新中国新大连发展的卓越风姿；不仅有轨车和无轨车并行，而且在十字路口还共同使用同一套红绿交通信号设备，并基本上是有轨车让道于无轨车，这也算是大连街景的一大特色景观吧。夜已深，回到饭店便被大连的夜色抚掩入眠。

第二天虽然冷风飕飕却艳阳高照，我来到了著名的斯大林广场。广场正面是苏军烈士塔，塔基座上站着一位铜铸的苏联红军战士，手持冲锋枪，头戴钢盔帽，身披迎风飘扬的披风，目不转睛注视着整个广场；广场四周的草坪像碧绿柔软的一面巨大地毯，男女老幼身着节日盛装在广场中心播撒大豆投喂一群群和平鸽，阵阵鸽子的咕咕声和撒豆人的欢笑声随着十月的劲风传播四方。在大连，你随处可以看到像这广场的绿草坪，更有众多的绿树林、城市雕塑和纪念碑。大连真不愧为中国最美的海滨城市之一，在北方，在东北，它算得上是最美的，有人称之为中国北方的香港。

从广场出来，午饭享用了大连的名菜红烧大酱骨，一看时间已到，我背着行李急忙赶往火车站，广场上我匆忙中拍了几张有轨电车的镜头便登上了回京的列车。听着一阵咣当当的响声，随着夜幕中的城乡山河闪过，北京到了。

离开北京，我是那么的急切，可到了大连却又泛起想尽快回北京的缕缕思绪。当踏上北京车站的站台，这种感觉特别强烈和清晰，一颗游荡的心像是找到了归处，踏实得不可言喻。今天的北京正沉浸在欢庆新中国成立四十七周年的氛围中。我胸藏大连的美丽，又投入天安门广场上那千万人海中，像投入母亲那温暖的怀抱，尽情呼吸那早已熟悉的空气，听那嘈杂却又美妙独特的京城之音。

初识螺髻山

二月的桃花，像淡红的水彩，随意涂抹在大地上。这正是早春二月桃花争艳的时节。

我们通讯组今天要游览西昌刚开发的风景区螺髻山，这可是我们每个人多年的夙愿。虽然常听人述说螺髻山之美，也看过一些螺髻山的风景照片，但它的形象总也不具体，支离破碎的画面总是连贯不起来，只能用离奇的想象去设计螺髻山和五彩湖的图景，但也总是模糊的。因此，有了今天这个一睹为快的机会，我乐得差点合不上嘴。

早晨，一辆淡黄色的客车载着通讯组的二十五名同志出发了。汽车一上大道，便飞一般经西昌邛海向螺髻山方向奔驰。

早春时节出游，心情本就欢快，此去游览风景胜地，那车厢里的欢声笑语，更是冲出车窗蹦进了路边的树林里。阳光在车厢里跳跃，车窗外的桃花涂抹着每个人的笑脸。年轻人尤其活跃，一路撒下阵阵春的欢歌。

车行不到两小时，便抵达螺髻山脚下的种畜场。一下车，便远远看见螺髻山上白雪皑皑，大家精神抖擞，整装待发。这时，负责人康干事找来一位十六岁的彝族姑娘阿奴做向导，带领大家向螺髻山进发。

行至半山腰的茂密森林里，耳畔传来“咩咩”的羊叫声，还伴着牧羊姑娘的悠扬山歌。我们伫立恭听，虽然听不懂词儿，就那悠悠的彝族民歌曲调，也煞是迷人，这可是婉转动听的地道牧羊曲哩。

再往山上攀爬，热汗长流了，真是又累、又渴、又饿，四肢酸软，大家把带来的干粮和开水都拿出来摆放在草地上。最诱人的还是团委叶书记背来的凉粉和凉面，既解渴解热，又解馋。一顿丰盛的野餐，就在螺髻山腰上开始了。

野餐完毕，大家又继续往上爬行，艰难地翻过一座又一座山头，累倒了，歇息片刻再走。踏着这高山上软软的草甸和六月积雪，大口喘着粗气，迎着凛冽的雪风，渴了抓把积雪就吃，饿了掏出干粮就啃。最值得钦佩的是那些女青年，她们不顾体力的薄弱、攀登的艰难、高山的反应和多气温带的垂直变化，始终跟着“大部队”共同前进。终于在下午五点半，我们胜利登上了螺髻山上的第一个湖泊干海子。“乌拉，我们终于到啦！”大伙忘记了攀登的极度疲劳，呼吸着高山上淡薄的氧气，尽情地高声欢呼，使劲地跳跃。

呈现在我们眼前的湖泊——干海子，也称五彩湖，它海拔4010米，距4359米的主峰还有一天的路程。远看墨绿色的湖水清澈见底，四周布满墨绿的冷杉树林，而湖周的山丘则覆盖着近一尺厚的积雪，杉树林与白雪交相辉映；待走近湖边，湖水又变成淡青色了。有人说，五彩湖水是五光十色、变幻无穷的，故此得名。这变色的缘故，我想大概是由于黄色的山丘、青绿的杉林、湛蓝的天空、雪白的云彩、桃红的晚霞等景物，反射光映照而变幻无穷所致。雪风劲吹，西下的阳光在水波上跳跃，湖面像一块动荡不安的镜子，映照着蓝天和流动的白云，五彩湖的颜色也在不断变化。也不知是猎人还是游人，在湖边那些长成伞形的杉树下面搭建了一座矮小的木板房，这是用来过夜住宿的。

这时，只听得悠远的音乐声响传来，大家睁大了眼睛，四处寻找张望。到底是谁在演奏这优美的乐曲？大家侧耳细听，想辨别出这是什么乐器演奏出来的，歌词是什么内容。哦，不一会儿，这乐曲和歌词大家都听懂了，原来是山风、杉林，还有湖浪拍打冰块、碎冰块相互撞击以及冰块在冰面上滑动的声音。多么美妙而独特的乐曲！这是大自然奏出的一曲高山“春之曲”。这山顶的景象是我们从未见过的，它没有一丁点人工雕琢的痕迹，我们仿佛走进一个迷人、神奇的童话世界。大家为之陶醉，赞不绝口，为祖国湖河山川而自豪的思绪占据着我们整个身心。

这迷人的小湖泊,仅仅是螺髻山上众多五彩湖群中的一个。听人说，去年香港某旅游公司的人员，骑着马和毛驴，在螺髻山上的大小一百多个湖群和瀑布间游历了八天，拍摄了几十个小时的电视片。大家只后悔没早来此地，于是纷纷抓紧时间站在湖边拍下纪念的照片。

下午六点，太阳出现在西边山脚下的安宁河边。我们恋恋不舍地离开了螺髻山上的干海子。走在下山的路上，大家还忍不住频频回望那高高的、渐渐远去的、被夜幕慢慢遮掩的螺髻山。

转游元通古镇

五一节这天，成都的大街上汽车少了，道路畅通了，因为小长假很多人都跑到周边游览去了，与大自然亲密接触。

这一天，我们也来到距成都约80公里的崇州街子古镇游览，上午11点左右到达街子古镇，车辆拥挤，人头攒动，街道上拥挤不堪，午饭长时间排队也没有吃上，还是先找到住处吧，转了几条街，下午2点多，终于在一条背街上，找到了一家名叫永康客栈安顿了下来，随即又赶紧找饭吃。整个下午只能游览一下古镇。再找地方吃晚饭，到处都是摩肩接踵的游客，大家无奈商量明天还是转移到其他地方去游玩吧！

5月2日，我们一行驱车转移到10公里之外的元通古镇。这里树青水秀，游客不多，正合我们心意。这是我们向往已久名不虚传的古镇。

元通古镇位于成都市西部，距成都市区50多公里车程。古镇北连都江堰和青城山，距青城山20公里；南接省级历史文化名城崇州市，距崇州城区11公里，是崇州“古镇金三角”第一站，距街子古镇直线距离8公里，距怀远古镇9公里。元通古镇也是四川历史文化名镇，著名的土陶之乡、铸管之乡。

元通古镇有着1500年的历史，素有“千年小成都，清明上河图”和“仁里义乡”的美誉，集古建筑、古街区、古民居、古树、古商贸、古遗址及水乡景观精粹为一体。古镇核心区建筑以清末民初的川西民居为主，传统中式建筑中融入西洋建筑风格，是典型的中西合壁式建筑群，呈南北走向沿江带状分布，古建筑总面积达10多万平方米。有古街巷10余条，省级文物保护单位3处，成都市级文物保护单位3处，崇州市级文物保护单位6处。以陈家大院、永利桥、黄氏故居、黄氏宗祠、天主教堂、罗氏故居、王国英故居为代表。此外还有古当铺、广东会馆、江西会馆遗址、张家大院、夏家走马转角楼、汇江桥等景观。古镇内现存古楠木、古皂角、古银杏共80余棵，在镇中心现今保留着一棵最大的宋代“夫妻”银杏树。

元通古镇位于三江汇流之处，发源于龙门山脉的文井江、味江、泊江在此汇合，自古有川西水乡之称，是川西平原上著名的水陆码头，它有着悠久的通商历史和繁盛的商贸文化。

我们转移元通古镇游览，真的是一点不后悔，更是庆幸不虚此行，这里才是原汁原味的古镇。

漫无目的游街子

今年五一节期间，因为街子古镇的游人太多，我们只好辗转移步元通古镇游览。趁着节后景区的清静，5 月 10 日至 13 日，我们邀约了 17 人从青城赵公山又辗转来到崇州市街子古镇游览，采取一天游览一个点位、慢慢走慢慢看的方法，花上几天时间，还是没有把古镇的美景名胜游览完全，只好挑主要的景点看看了。

第一天我们游览了街子古镇街区。街子古镇是四川省十大知名旅游古镇之一，位于成都市崇州城西北 25 公里处，这里全年平均温度比成都低 4 至 5 摄氏度。

街子古镇建制已有 1000 多年历史，五代后蜀即设永康县，为县治所在地，又称其为“横渠镇”，因横于味江河畔而得名，后经历朝历代政治经济社会的兴衰更替，其兴盛时期曾设为县治，衰落时期万历四十二年（1614）则只剩下河街子一条街道，称之为“街子场”，新中国成立后设为“街子乡”，汶川大地震街子古镇遭重创后经重建列为国家 4A 景区。古镇范围内有晋代古刹光严禅院、千年银杏、清代字库塔、唐代诗人唐求故居、宋代民族英雄王小波起义遗址、明代古井、古戏台、华阳国志馆；古镇有六条清代古街道，完全是按照《清工部法则》进行建造，古朴典雅，雕刻精美。古街古道花草拥，小桥流水伴人家，街子古镇也因此被称为“清凉水城”。

我们特意观看了古镇下街的清代字库塔。字库塔是古代专门用于收存和焚烧字纸的专用设施，沿自古人有“敬惜字纸”“惜字得福”之习俗。街子古镇的字库塔建于清咸丰二年（1852），呈六角五级攒尖楼阁格式，借用佛教塔的基本型制，砖石中空结构，外壁浮雕刻绘《白蛇传》故事片段和山水花卉图案，为川西坝子仅存的精美字库塔，彰显街子镇人自古就有崇文尚雅的风尚。

我是一个人去游览华阳国志馆的。走进华阳国志馆，馆内寂寥、阴冷而潮湿，除门口收取门票的工作人员以外，整个陈列馆就我一人游览。馆内设置有展示区、收藏区、观景区等区域，我逐个观看了陈列的国志典籍（古典影印本和现代印刷品）、人物塑像、生平简介、事迹故事、藏书阁、抄字访等场景，还了解到华阳国志馆的沿革、华阳国志十二卷开创中国方志体例的历史、国志作者常璩的生平事迹、常璩号称方志始祖的历史地位、深受常璩影响者罗元補勤学苦读成才举办教谕的动人故事。

街子古镇是唐代诗人唐求的故里，我们一行 17 人来到青城后山脚下，也就是街子古镇东南街头的唐求广场，观看了唐求的塑像和生平事迹。唐求，又作唐俅或唐球，蜀州青城县味江镇人，生卒年约在公元 880—907 年，人称“唐山人”或“唐隐居”。王建占据成都时期曾拜他为参谋，其拒绝与之合作，则乐于隐居，以诗言志。唐求作诗每有所得，便捻成纸团，投于葫芦瓢之中，未曾示人。至晚年病重之时，将诗瓢投入味江，漂流至锦江（新渠），有识者见之曰：“此乃唐山人诗瓢也。”遂乘小舟将诗瓢捞起，可惜诗稿多已侵损，仅得诗数十篇，为其所作诗稿的十之二三，后人因此称其为“一瓢诗人”。

街子古镇还有很多看头，要想细细品味古镇风韵，只好再作下次游览的打算，古镇故事且听我下回慢慢道来。

游水墨上里

上里古镇位于雅安之北，距雅安城区 27 公里，距成都约 136 公里，是四川省历史文化名镇、四川十大古镇之一。全镇面积 75.8 平方公里，森林覆盖率 80%，空气质量优，每立方厘米负氧离子含量高达 10000 个，是名副其实的天然氧吧。

水墨上里其实就是上里古镇的秀美风光特色。上里古镇即是古代茶马古道的节点驿站，也是红军长征路过的红色旅游胜地，更拥有众多历史悠久的名胜古迹，诸如古摩岩石刻、红军石刻标语、各类古桥古塔、古街古宅，还有古代“双节孝”石牌坊。

位于上里南郊的“双节孝”石牌坊建于清道光十九年(1839)，是清政府为褒扬乡人庠生韩廷儒之母杨氏、武举韩腾蛟之祖母范氏姑媳双节孝，遵诏而建的石牌坊，坊上横额镌刻“双节孝”三字，故名。牌坊的结构为四柱三间二重楼出檐、多脊、双层面、12 翼、镂空石雕彩绘坊。坊高 11.25 米，深 3 米，基座宽 7.8 米，出檐 1.1 米。坊上图饰花纹镂空别致，顶梁上下刻有戏曲、历史故事 20 余组，坊上还有奉旨旌表、匾额对联、100 多个人像表情自然，造型灵巧活泼，形象生动，眉目传神。石坊建成后，施石青、石绿和红彩绘，经百年风蚀剥落，至今尚能识别。

坊前左右竖立全石圆柱八方双斗桅杆一对，分别高 11 米，更显气势恢宏。

上里古镇管辖中里和下里村镇，而上里古镇尤以名胜古迹和水墨山水风光著称，在古镇的各类古迹中，可以看到镶嵌有众多的红军长征路过时留下的珍贵石刻标语。

1935 年 6 月至 1936 年 2 月，中国工农红军第四方面军在上里镇驻扎，建立了苏维埃政权，成立了“认真、德诚、紫光、崇安”四个政治部。红四方面军驻扎上里短短 8 个月，留下了大量的标语。标语的内容主要以抗日反蒋、动员群众参军、打倒土豪劣绅为主，诸如：红军是穷人的军队、红军是北上抗日的主力军等。语言通俗易懂，其中以《中国共产党十大纲领》最为有名。上里镇因此成为雅安、四川乃至全国为数不多的长征革命根据地之一。

1935 年 11 月，中国工农红军第四方面军第三十一军攻克上里、中里、下里后，在中里镇建立了中共雅安县委、县苏维埃政府，为宣传党的方针政策，组织人民群众抗日救国，“认真、德诚、紫光、崇安”四个政治部，在上里、中里、下里等地的所有石桥、石牌、石坊、石壁上面镌刻了众多宣传标语，保留至今的有 70 余条，尤以上里古镇境内保存的 40 余幅红军石刻标语最为完整。

红四方面军在进驻中里片区 4 个多月时间里，先后与四川军阀、民团队伍和土匪武装分子进行过多次激烈战斗，部队伤亡减员较多。当地群众不畏生死，从物质和道义等多方面支援红军，与红军共同杀敌，一些青壮年纷纷报名参加红军，仅上里就有 189 人参军，连同中里、下里参加红军的青年男女编成了一个新兵团，为红军增添了新生力量。因此，上里古镇也成为全国开展爱国主义教育基地之一，当年红军长征的革命先烈留下的标语，生动形象地警示着我们后来人，定要不忘初心、牢记使命，为人民大众谋幸福求解放。

长征路上的“礼州会议”

2022 年 4 月 3 日，我们一行 10 人驱车来到西昌市北郊的礼州镇，目的不仅是游览古镇，更重要的是了却一桩心愿——参观红军长征的“礼州会议”会址。

1935 年 5 月，中国工农红军第一方面军巧渡金沙江后，过会理取德昌，兵分两路进入西昌境内，机智绕过西昌城后进驻礼州镇。5 月 21 日，中革军委在礼州土官庄的边家祠堂内，召开了军事会议。会议确定了通过彝区和强渡大渡河的军事方略，做出泸沽分兵的军事部署，直接粉碎了敌人的企图，显示了以毛泽东为首的红军领导人愈加炉火纯青的军事指挥才能，为红军成功强渡大渡河进而继续北上争取了宝贵时间。

礼州镇位于西昌市城北 25 公里的安宁河谷平原北段，古称苏祁县，1278 年改名礼州。礼州地势平缓，物产丰富，民风淳朴，是西昌市的北大门和彝汉等各民族政治、经济、文化交流汇聚的重镇，也是茶马古道的重要驿站。

土官庄，又名边家河坎、边家寨子，位于礼州镇北面两公里处。有上祠堂和下祠堂，街道宽 6.6 米、长 1.5 公里，均为石头铺成的石子路。大路东西街道两侧排列的是土木结构、具有大小天井的四合院，沿街设有旅馆、饭店、驻马店和龙王庙、土地庙等。随着时间的推移，为了各民族和当地居民生产生活的需要，土官庄逐渐演变为南来北往商家货队、协调通关过境进入彝区的场所和居住地，被当时的苏祈县官赐名为“土官庄”。1955年，西昌县政府将土官庄改名为“田坝村”，1995年7月，西昌市政府为打造红色文化教育基地，又将田坝村称之为“红军村”。

礼州镇田坝村，具有厚重的红色文化基因。1935年5月，中央红军长征途经西昌，先后在礼州驻扎6天，部队得到了补给和休整。红军的军纪严明，受到群众的热烈拥护，播撒了革命的火种。5月21日，在礼州镇土官庄（今田坝村）边家祠堂内召开了紧急军事会议，史称“礼州会议”。会议同意了刘伯承、聂荣臻的建议报告，做出了泸沽分兵（北路为冕宁过彝区强渡大渡河、东路为过小相岭攻越西佯装渡河）的军事部署，明确了下一步行军方向，为红军成功强渡大渡河创造了有利条件。

红军长征礼州会议陈列馆，再现了红军长征途中一段珍贵的历史。“礼州会议”是红军长征途中一次及时、紧急、秘密的军事会议，是避实就虚的奇谋、用兵如神的典范，是红军军事指挥的又一次胜利；生动展现了“长征是宣言书、长征是宣传队、长征是播种机”丰富深刻的内涵。红军长征在礼州发布的《中国工农红军布告》，向各民族宣传了党的民族政策，宣传了各民族一律平等，各民族是骨肉兄弟的思想主张；长征，是人类历史上的第一次，也是人类历史上罕见的不畏艰难险阻、不畏牺牲、传播理想的伟大远征；礼州会议陈列馆也是我们大力弘扬伟大长征精神，不忘初心、牢记使命，实现中华民族伟大复兴中国梦的生动形象的教育基地。

参观了“礼州会议”陈列馆之后，我们相伴而行，走在“红军街”上，逐一观摩了红军食堂、红军医院、红军水井以及周恩来和毛泽东的住所，直至下午五时，我们一行人收获满满、乘兴而归。

三 梦萦小站

雪花·雨花·野黄梅

听说尔赛河的山上生长着一种野生的黄梅花，开花时金霞满坡，香风漫谷。

一提起梅花，人们情不自禁想到那曲奇多姿的枝杈、不畏冰霜严寒傲雪怒放的馥郁小花。最初听说野黄梅，是今年3月19日这天，微微北风，荡漾着春的暖意，西昌铁路分局俱乐部内，四壁透亮、喜庆四溢。分局举行盛大仪式，由铁路分局党政工团领导亲自为安全标兵披红挂彩，颁证授奖，18名安全标兵和4个标兵集体代表满面红光，兴高采烈地走上了领奖台。在这标兵的行列中，我搜寻着尔赛河车站值班员唐恩华的身影。听人说他因特殊情况未能到场。我很失望，便忙着打听他的情况。介绍情况的人顺带说起了尔赛河的野黄梅，这又引起我更大的兴趣。于是，我带着采访任务到尔赛河去，要亲眼见识这郁香远飘的野黄梅，当然，更要探望那位大凉山小站上的安全标兵唐恩华同志。

尔赛河的“尔赛”，彝语，龙神之意。传说古时有龙出现，故名尔赛河。这是《凉山地名词典》上记载的，想象开去，这里似乎也不是平凡之地吧。尔赛河车站其实我曾去过两次，第一次是在1992年春末，我受组织委托专程去尔赛河对唐恩华进行入党前的考察，对他有了初步了解。第二次是 13 天后的安全大检查，我被分配在尔赛河驻站，对他的工作情况又有新的认识。

我乘坐大凉山的小慢车来到尔赛河车站，站台短短窄窄、冷冷清清，车站两头的隧洞口，活像鼓起的一对乌龙眼，站台对面是陡峭的东山，车站背后排列着紧凑的站区宿舍。宿舍的围墙紧临壁陡的悬崖和崖下终日哗哗高歌的牛日河。唐恩华的宿舍里简单得要命，就一张桌一张床和一张长条凳，墙上挂着几幅梅花图，增添了几分生气。有蜡梅、红梅……那一丛丛一团团小黄花，绽着盎然生机绽着几分山野情趣的，可是那野黄梅？

主人说，尔赛河山上的野黄梅，并非城里人在园林中所种植的那种，它是野生的，认识它的人极少。它枝茎笔直，决不以曲奇疏漫来讨人欢喜，它长在高山峡谷，扎根荒坡石缝，把馨香赠予山民，而不向人们索取；它平淡无奇，树矮花小，不为人们眼目，混生于荒草杂树丛中，难以辨认；略带青绿的枯瘦纤枝，菲薄细小的叶片在山风中抖擞着，寒冬腊月便开放出豌豆般大小的黄花朵儿，装点这荒山野岭。

我突然发觉：这位野黄梅国画的作者，不也有着野黄梅的特征吗？

唐恩华是 1970 年 12 月来到成昆线尔赛河车站的。从扳道、售票一直到干上值班员，已有 23 个年头。他来自天府甜城内江市，支援三线建设，他主动要求从马角坝车站调来，当时他才 18 岁，血气方刚，想的是好男儿就要远离故土和爹娘，闯荡五湖四海，誓为成昆献青春。然而，从小喝惯了甜城水的他，双脚踏在尔赛河的站台上，便听到这样一段顺口溜：“一座小棚两股道，两个隧洞两座桥，桥下听急流，桥上望石头。石上五只乌鸦早晨叫，叫得人人心发慌，叫到傍晚听白了头。”这是当年的铁道兵和新管处的职工们编的，当年的五只乌鸦，叫了20多年，也不知叫慌了多少人的心，叫白了多少人的头，现在却只剩下两只了。当年的那个小青年，独自躲进屋里流下了又甜又酸又纯的泪花，同时也给千里之外的父母寄去了述说这不毛之地的书信。泪花涔涔，飞鸿片片，这泪这信化作他唯一的业余爱好——画梅花。当他在山坡上偶尔发现了野黄梅，悟出了什么，一下便爱上了这极不起眼的小黄花，这野黄梅便频频入画框。大凉山上片片透骨的雪花和冰凉的雨花以及凌寒而开的野黄梅，伴他走过这23个秋冬。23年，青春奉献，儿女成人，成昆线又成长起来新一代的十八九岁的后生。他满38岁那年，那一头浓密的黑发已有七分白发，融进他的国画《墨梅》里，刊在1990年《西南铁道报》新年头版上作为题图，向全局职工家属深情地问声“恭贺新禧”。

在甜城的妻子菊芳寄来了纤纤细字：“春节过完了，你没回来，五一能回来吗？如要加班不能回家，一定加倍注意安全，要去买点好的来吃，身体要紧，舍不得吃，长年熬夜会经不住的。”

结婚多年，妻子女儿也早懂得铁路上安全的厉害性。他捧起那一厚叠书信，这是菊芳每月一封寄来的，像捧起时刻在关心惦念着自己那遥远的一颗心。菊芳今年才38岁，1971年上山下乡，1975年参加工作，从卫校毕业现任内江市椑木镇医院化验师。结婚以来夫妻一直分居，菊芳独自照顾他们的独生女霞儿，承担起对双方父母的照料和一切家务琐事。她积劳成疾，1.62米的个头，居然体重不足80斤。去年10月8日，菊芳在内江要做胃大部分切除手术。当时站长去参加岗培，由他负责车站工作，正好站上又缺人，他只好顶班加班，给住院的菊芳寄去了一些钱，由年仅12岁的女儿负起了侍候妈妈的重任。

祸不单行，不如意的事接踵而至。今年3月19日，他多想去参加路局安全标兵表彰大会啊，局领导亲自为标兵们披红授奖，又拍电视又照相，有多荣耀啊。可他没那份福气，他接到的是“妻病危速回”的加急电报，那加急电报从千里之外的内江发出，经过大凉山偏僻的县区乡，最后到达尔赛河车站，已花去6天时间。车站值班员张开金主动替他加班，于是他乘慢车急返内江。

妻子菊芳病危前已经在医院躺了一个多月，他是知道的，是因为输尿管扭曲，需做左肾悬吊固定手术，“不做则没命，做则风险极大，更何况病人已虚弱到极点，无法承受住这种大手术。”医生这样说。值得庆幸的是手术成功了。他到了医院见四处无人，菊芳躺在病床上，脸上无一丝光亮，若白纸一张，病房也一片凄凄凉凉。女儿守候在病房里，为母亲端屎端尿，烧汤喂饭，这小小年纪，已开始承担起生活的重荷，开始品尝这艰辛的滋味了。他心里一阵酸楚，3人抱着哭成一团。怀着负疚心情，他临时接替了女儿的职务。当菊芳稍有好转还不能出院时，他又要回尔赛河了。他小心翼翼地对菊芳说：车站人手少，路局5月21日要实现安全生产900天呢，全局上下几万人苦战红5月，自己怎能等闲视之。菊芳忍着伤痛呻吟着微微点头。

回站没几天，菊芳拖着病体，写了一封信：“你走时，我不能送送你，没给你装点东西在路上吃，心里很内疚。当上学回来的女儿知道你走了，把她的零花钱拿来买了几斤梨子，乘汽车一直追你到内江火车站。可是火车早已开走了。霞儿回来哭着告诉我：“爸爸走了，梨子也吃不成了。”我安慰她说：“等以后爸爸回来，你再买给他吃嘛。”

读完信，他心里不是滋味，这一辈子像是欠下永远也还不清的债，精神的，物质的，更多的怕还是情感的陪伴。她们娘俩的生活艰辛，10多年来一直是她们自己承担，娘俩相依为命。女儿来信对爸爸说：“家里的楼上风太大了，常常开不了门，大雨时常飘进屋来，望爸爸回来在阳台上安装封闭式玻璃窗，就像邻居家一样。”女儿今年12岁，是个很懂事很疼妈妈的六年级学生，对母亲体贴入微，很大程度上弥补了他这个做父亲的“过失”，受父亲的影响女儿也爱上了画国画。1991年她的国画《竹子和小鸡》获内江市六一国际儿童节画展三等奖。今年霞儿的国画《红梅》也准备参加市画展。

他仔细揣摩并欣赏着女儿画的《红梅》，手里又掂起了女儿的信：“爸爸，我叫你给评选的画，你怎么还没寄回来，真急死了，6月1日，美术馆就要开展了，请立即寄回来。”霞儿催促得如此紧急，应该及时了却她这小小心愿。他毫不迟疑地为她挑选出其中的一幅。

虽然已近清明时节，窗外仍吹着凛冽的北风，窗户上响起沙沙的雨点。这大凉山的天，一天有三变，成昆线早流传有这样的顺口溜："金江的太阳马道的风，燕岗打雷像炮轰，普雄下雨当过冬。"普雄尚且如此，这大凉山顶部的尔赛河车站，即使是三伏天，一旦下雨，穿棉袄不过分。他听着雨点声心里多了几分惆怅，不觉又抽出了女儿上个月的来信：

"爸爸，我们这个家就靠你支撑起了，妈妈病倒了，我在身边可多照顾她，可你又是胃病又是乙型肝炎，一定要及时治疗按时吃药，注意休息要吃好点，不能喝酒，包括啤酒和药酒都不能喝。最近出了一种治疗乙肝的新药叫心肝宝胶囊，你一定要买来吃哟。

"上学期我数学考了 99 分，语文 93 分，自然 98 分，成绩在班上只占居第二名，落后了，这学期决心争取第一名。

"潘校长说我画的画儿又有进步，就是毛笔字差点。我要每天放学回来做作业，然后画画，而且每天坚持练一篇大字……"

看得出，这完全是受了妈妈的教导。霞儿对自己的关怀，他从心里感激，同时他也忧虑，因为菊芳病倒也连累了霞儿，而且潜伏着成绩下降的危机。他端详着同时寄来的霞儿的照片，又想起了菊芳的信："霞儿获奖时学校给她照了两张相，一张是在潘校长指点下照的，一张是霞儿在画《竹子和小鸡》时照的。她很争气，说这学期放暑假不去她大舅那里，要去你那里，要去看你，也去向你学画画儿。"

"来吧，我是没时间回家的。"他抚摸着霞儿的照片，想象着菊芳和霞儿来到尔赛河的快活情景……突然，窗外的站台上有人在惊呼：

“快来啊，大雪冻住了道岔！”

他立刻站起身，披上那件跟随自己多年早已露出棉花的破棉袄，同全站职工奔向扳道房。春夜里的天地一片白茫茫，道床上铺起了 6 寸厚的白雪，滑床扳上的积雪使控制台无法操纵岔道，雪被扫除了又铺上，而且结起一层冰。这时，321 次快车已从邻站开过来了，他急中生智立即跑到运转室拿了把除锈刀又提了一大壶开水，跑到桥上时，突然左腿陷进了一个被白雪覆盖的桥孔里，他身体一歪，差点漏下七八十米深的河谷，他急忙用左手一撑，右手的水壶正放在桥板上，可腿脚已卡进桥孔，他咬着牙拔出左腿，顾不了挂伤的腿，光着一只脚快速跑到一号道岔，用开水浇化了冰块，岔道搬动了，列车顺利地从尔赛河车站通过。

……大雪纷飞，雪花片片挡住了人的视线，那贴在脸颊上的雪花片，化作雨滴向下流淌，流下的水和夏季的暴雨混为一体……

1991 年 8 月的一天晚上，他正坐在运转室的控制台前，外面是连续两个小时的倾盆大雨。凌晨 2 点 40 分，3116 次列车刚发车，突然他听到“呼”的一声巨响，根据声音判断像是巨石撞击车板的响声，他立即用无线电对讲机通知司机，此时机车已进入隧洞，听不见，列车照常开走了。随后一切电话中断。他立即提着信号灯冒着瓢泼大雨朝着隆隆响声的方向走去查看，只见 K409+900 米处站内两道的上方悬崖上，有石块和泥沙落下来把电缆线砸断。他立即向行调把情况汇报清楚后按特殊办法行车，并通知工务抢险。列车到达普雄站，检查的人发现列车中部一辆棚车顶部落有一块1立方米的巨石。

1992年7月，又是雨花横飞的防洪季节。一天夜里，唐恩华休班。20点30分，车站行车设备停电，他去线路工区借来汽灯供运转室照明，这时1107次列车从普雄站开过来并已快接近预告信号，突然听见防洪看守员呼叫："塌方了！"当班值班员年轻缺乏经验，他立刻走近控制台，叫值班员拔掉了通过信号，将1107次列车关闭在机外，同时用对讲机通知司机立刻停车，列车紧急制动停了下来，距离被泥石流淹没的线路只有百余米。

……扫雪、防洪、抢险、暴雨不断地搅合在一起，伴随他与大凉山渡过23个冬和夏，他早已记不清送走多少黄昏，迎来多少黎明；经过自己亲手办理了多少趟客货列车的到发交会；扫了多少次雪，抢了多少回险，防止了多少次事故。多少个不眠之夜，他撑着昏昏欲睡的脑袋，使劲鼓起眼睛，强打起精神，熬白了头，熬酥了身子骨。妻子菊芳对他已习惯成自然，虽不在身边，却随时随刻在远方关心着他，当然也免不了有几句埋怨。

"恩华啊，你休探亲假才半个月就走了，我很舍不得你走，好想留你，但听你说车站有那么多事，只好随了你。说实话，我常感到寂寞孤单，虽然有霞儿陪着，但总不像别人家那样，家里有个男人，屋里也有些生气。霞儿替代不了你。我在心里常埋怨自己，怎么这辈子嫁给了这么繁忙的你，我真想不通，我俩的命运怎么这样苦哟。几个月来，我整天躺在病床上，身上长满了褥疮，连翻身都很困难，对自己的病，我几乎没有什么信心了。我尝够了病痛的滋味，你自己的病一定要加紧治疗，不要拖得像我这样，身体是本钱啊，你有机会调到条件稍好的大站吧，总不会因为是党员就不能提合理要求吧……”

读到此，他眼里早已枯干，可心里却溢满了苦涩的泪花，只感到鼻子酸酸的，为强压这种情绪的涌动，他将那漫山遍野的雪花、雨花和泪花，一股脑儿地泼洒在面前铺平的有些发黄的宣纸上，一枝瘦削的野黄梅跃然纸上。他何尝不愿挪个条件好的环境呢，到一个大站待着，回家探亲有快车坐，买米买菜也不用坐慢车跑到泸沽西昌花去一整天的休班时间，如自己不能回家，菊芳和霞儿来探望也有菜吃也有地方去玩。他不禁自问：怎么这里就这么多的事情要做呢？其实他明白得很，没有哪个站的事情不多，更何况，自己不来尔赛河谁来？要是大家都不去小站，这小站还存在吗？火车总不可能从这小小的尔赛河跳过去吧。

这时，领导找到他：你们站新调去了个年轻站长，22岁，叫王自力，是个大学生，小伙子很不错，原在普雄站当技术员，没做过管理工作，经验不多，车站情况也不熟悉。你是老工人又是党员，要多支持他。他答应了下来。一如既往地像对待前几任站长那样，全力支持王站长工作。他既是工会小组长又是兼职安全员，缺了人他去加班，别人不愿意干的他顶上，新学工分来他主动带徒弟，有小两口吵架他主动劝和，小青年调皮他去做工作，每逢车站节假日组织会餐，他把饭菜做好，主动替别人顶班，反正自己已戒酒，不如让大家痛快地聚餐畅饮，尽节日之兴。

六一儿童节就要来临，他想，这是霞儿最后一个儿童节，自己还从没给她庆祝过一回，况且今年霞儿的《红梅》又要参加市美展，自己却不能亲眼看见女儿获奖的情景，不能分享她的快乐。迷蒙中他又仿佛看到菊芳那纤弱的身影和那张蜡黄的脸庞上转动着一双无光的泪眼；他又看到运转室控制台上故障红灯闪烁，听到刺耳的警报铃声不断。他看到了雨花中的东山有泥石流掩埋了线路，鹅毛大雪封冻了道岔……雨花、雪花、红灯、警铃混成一片，他没有迟疑，朝着雨花雪花飘荡处，朝着红灯闪烁处，朝着警铃声响处奔去。跑啊跑啊，翻过一座又一座山头，越过一个又一个雪峰浪尖！好累啊，他多想就此躺下歇个够，可他歇口气又接着走，走那无尽头的线路，走那怎么也数不完的枕木头。突然，他掉进一个坑，一个特大的三角坑。他惊醒过来，溢出一身冷汗，回想梦中的情景，觉得好笑，又接着梦境想那似乎没有结果的答案。“还想那么多干啥，干到退休回到内江好生侍候她娘俩！”他下定了决心，于是给霞儿填写了一张六一儿童节的祝贺卡片，借以带给那幼小心灵一缕温馨……

我想我此行算是对主人公的某些方面有了较深了解，只是差些安全生产方面惊天动地的数据和实例，硬挖硬编怕要落下歪人曲事的“美名”。但转念一想，就他在尔赛河这 23 个春夏秋冬的酸甜苦辣，也足以让人感慨万千，就此可窥见他生命的一斑，也能反映出常年奋战在大小凉山艰苦小站的众多铁路员工的风采。

临别，我受局文联秘书长之托，代向主人公征求画稿，参加纪念某个伟人的书画摄影展，因为这个安全标兵还是北京齐白石艺术研究会和凉山州书法美术家协会会员呢。他答应了我：就画一幅梅花吧，也应了毛主席《卜算子·咏梅》的词意。

他爱梅花，画梅花，也像梅花，其实更像那野黄梅。此时，我并不为时令未至看不到野黄梅而遗憾。我仿佛看见尔赛河那黛绿色的山崖河谷，一年四季里，那野黄梅蓬蓬勃勃，生机盎然，绽放着永开不败的蛋黄色小花。

延伸阅读：此文完稿时传来消息，唐恩华已被任命为尔赛河车站站长。

山那边还有山

改革开放后十余载，光阴似箭如梭，成昆小站变化几多？别去已久，那小站魂灵，萦绕心头，那云与路，那人与河，那山与树，那恨与忧，纵有万般情愫，赶不走系不住。

——题记

说他是来“镀金”的

列车在大山隧道穿进钻出，向着山那边的小站，像青蛇般蜿蜒爬行。在山洞严实的包裹中，火车那隆隆的轰鸣声更加震耳欲聋。柴油烟也一股脑儿朝车厢里钻，呛得旅客们不住地叫苦埋怨。

傍晚，慢车在青峰岭车站停住，像怕被什么粘住似的立刻又毫不留恋地开走了。彦诚跳下车来，提着行李朝站台中部的车站运转室走去。昏昏的电灯光下，几个运转小伙子东倒西歪半躺半坐在转椅和独凳上，懒洋洋的似睡非睡。一个中年车站值班员睁开惺忪的眼皮站起身来，对刚才走进运转室放下手中行李的彦诚说：“你就是新来的彦站长吧？我叫刘公云，欢迎你。”说话间把满是厚茧子的手伸到彦诚手中，同时转过头望了小伙子们一眼，示意他们应有表示欢迎的举动。可是小伙子们没有任何反应。彦诚微笑着打量每一个陌生面孔并作自我介绍，昏黄的灯光下看不清人的颜面，只听到角落里有人冷冷地丢出来一句："还不是来镀金的。"彦诚心里咯噔一下，颇感一阵尴尬和酸楚：也难怪，人们刚见面，在此之前互不相识，谁也不了解谁。

第二天清早，彦诚从站台上的运转间休室起床，走出门一看，不禁倒吸一口气：呀，这小站原来是这样的！在陡峭的山崖下面，两幢站舍呈一字形摆在两股铁道边上，站舍对面的陡坡下，流淌着奔涌不息的清水河；车站两头的扳道房紧挨着两条黑黝黝的铁路隧道，就像一根巨大的扁担横挑起两座大山。晨风微微吹拂，空气清新沁人心脾，几只山雀在灌木丛中欢快地跳上跳下，叽叽喳喳不停说着婉转的晨语，四周静悄悄见不到半个人影，把头仰得帽子都要掉下来，还是望不见高入云端的山顶，只看见那缓缓游动的好似暖暖的棉花絮堆成的白云里，时隐时现着几座彝族的平顶房屋。

上午，是新老站长办理工作交接。老站长悠然地点燃一支拇指粗的"淡芭"牌雪茄，慢吞吞地说："我在这里待了三十年了，开始是当铁道兵，来修这条铁路。铁路修好就转业落段下站，管理这铁路小站。这成昆线大凉山小站，山高水远生活苦，又没什么大事，主要是为了保证运输安全。车站总共十二个人，全姓'公'，除了党支部书记伍朝远、值班员刘公云和我成了家，其余都是光棍儿。而且伍朝远的妻室儿女都在外地农村，刘公云的老婆孩子在外地城市里。车站大龄青年占多数，附近又没一个机关厂矿单位，也没有一个乡镇场所，买菜买米都很困难，年轻职工不好找对象，要说思想不稳，根子怕就在这儿。别的我没啥好说的啦。”说到这里，老站长悠然喷着烟雾，有些欣慰地笑着：

“我呢，离休以及迁移手续都办好了，过几天我就回河北老家，后半辈子就在乡下定居了。唉，参军南下，铺路架桥，钻山越岭，深山小站，这四十多年一晃眼就过去了。人也老了，也该回家啰。你有机会请来河北乡下看看吧。”彦诚点着头，可心头似有一股股热潮在涌流，有种想哭的感觉。他紧紧握住老站长满是皱痕的、曾在淮海战役中扳动过机枪的大手，只想要永远把老站长留住。

不该发生的离婚

没过几天，车站值班员刘公云的老婆秋英，乘坐慢车气呼呼地来到青峰岭车站，要跟公云打“脱离”。两口子相约着一前一后紧跟着走进站长室，一见站长就要求彦诚开具车站证明。彦诚奇怪地问：“又没打没闹的，怎么突然想到要离婚呢？”

“不是想要离婚。”秋英虽然是初次见到彦诚，仍毫不客气地纠正了彦诚的说法，她没有一句埋怨，开门见山地大声说道：“公云来这荒山野岭十多年，也不想法调下山离城里近点，家里没个大男人照顾，孩子孤苦伶仃的，自己也守活寡，不离婚何苦呢！”

公云对离婚好像无所谓似的，他懒洋洋地说：“我在几年前就同意离了，车站上的职工都晓得。”

彦诚还是想劝和，不忍心提笔写证明，俗话说得好，“宁拆十座庙，不破一桩婚”嘛。两口子又苦苦央求站长多关照、多多理解，好磨歹磨了一上午。最后，彦诚极不情愿地出具了证明，虽然没理由责备秋英，但心里也很为公云抱不平。

傍晚，西边山顶上还留有几抹美丽的玫瑰红霞光，可山谷里阴森森的早没了丝毫暖意。

秋英要走了，慢车停下来了，临上车时秋英依依不舍地望着站台上车门边为自己送行的刘公云说：“公云，我这辈子对不起你，你原谅我吧。往后日子还长得很，你要多将惜自己身体，遇到合适的就找一个，也好照顾你。抚养小强的事，我跟法院说，他是你的心肝宝贝，还是留给你吧，免得在这老山旮旯里，太孤单寂寞了。”

“要不得要不得！娃儿还小，啥都不懂，他也是你身上掉下来的肉啊。”公云赶紧说着，并且望了一眼四周荒寂的山林说，“跟着我太遭孽了，我是命中注定的了，一人吃饱全家不饿，一个人无牵无挂自由得很，他跟着你在城里好好读书，长大也会出息得多，不要再像我这样子。”公云脸上露出笑容，眼里满含辛涩的泪水。看着秋英用手绢捂着嘴踏上车门，小站上的几个人眼巴巴看着徐徐开动的列车，所有人心里都是一阵酸叽叽的味儿。

一张罚款通知书

时间总像年轻人的脚，急促快速地向前推移，小站上又继续着繁忙紧凑和单调枯燥的日子。刘公云离婚之事，人们已经逐渐淡忘了。运转室里，无论白天黑夜，休班的或当班的，只要有空闲功夫，总得凑在一堆谈些大伙都有兴趣的事，开点“荤”玩笑，其中有关女人的事，大伙兴致最浓。乍一看，似乎小站的人成天介都在笑呵呵，每天都有开心事，好像顺心顺意全被他们一伙人占全了。

扳道员汪季伟传播新闻一向抢“头版头条”：“嗨，昨晚上我上夜班，那才叫作安逸哟！我从运转的各站电话里把总机小姐摇出来，请她欣赏香港四大天王之一超级歌星刘德华的新歌专辑，我把话筒对着录音机播放给她听，放完后我就问她怎么样？她说‘还算可以’，过后她接连问我是哪个车站的。我晓得各车站电话就只有一条线，各个车站可以同时通话，不说出站名她根本查不出来。我就说‘我就是你隔壁的’。她还当真认为我是她的邻站呢。哼，我晓得她的鬼板眼，是想引诱把我查出来，好告我的状。”汪季伟说得眉梢飞扬，很有点得意忘形的样子，又提着劲儿说道：“不是吹牛皮，我们这些脑壳，转起来经常是抹了油的！”

在场的人听着汪季伟自吹自擂，觉得又新鲜又开心，虽然彦诚持反对态度，但仍未扫大家的兴，心里觉得着实过瘾。

又过了三天，铁路分局安监室寄来了一张罚款通知书。在运转室里，彦诚指着当班的汪季伟说：“你呀，以后可不许这样胡闹了，要吸取教训哟。”

“不就是几十元钱吗！”汪季伟这样回答彦诚，分明是对罚款发泄不满。

“不对。”彦诚严肃地说，“这不光是罚你个人款的问题，人家会认为我们车站风气不正，名声一传出去，其他工作再好也会受影响，你要正确对待这事儿，月底还要通报你呢。”彦诚又转缓口气，“是男子汉大丈夫，为车站挣个好名声，弄块先进或者是精神文明的牌牌回来挂起，还不比这事儿有脸有面得多？”

汪季伟明知自己理亏，又听站长言之有理，自己如果再要横，那就白逗人笑话。他抠了抠脑袋，梆梆一拍胸膛：“彦头，有你这一句话，算事！”车站站务员东林对助理值班员洋亚眨了眨眼睛，洋亚随即冲着汪季伟说：“你呀，小聪明也做了亏本生意吗！”周围的人都笑得喊肚皮痛。

人有骨气才硬扎

青峰岭并不像老站长说的那样站小事儿少。这不，麻烦事又来了。初春的一天，正轮上站务员晓刚大休。他有很长时间没回县城看望父母了，这时正好回家一趟，在家时间加上来回路程还差半天，于是就向站长请了半天假，高高兴兴地揣上在深山小站花销不出去的工资乘慢车走了。他还打算多买点好吃好喝的下酒菜回车站，跟大伙打一顿牙祭。这青峰岭素来有个未成文的规矩：无论哪个职工回家或出差，都要带些好菜好酒回车站，大伙围拢来共享其福。

第三天，晓刚回到小站，刚一下慢车，只见他满脸满身伤痕斑斑，脸上青一块紫一块，神情更显得阴阴沉沉，耷拉着脑袋不与站台上的任何人打招呼，便一头扎进寝室。四十岁刚冒头的车站值班员兼党支部书记伍朝远，在小站上颇有威望，凡事大家也听他几分。他追到晓刚的单身宿舍里，关切地问道："晓刚，你刚刚回站那个样子，到底是咋搞起的呢？"

晓刚像是在父母面前那样，再也憋不住了，一股脑倾诉心中的不快："老子昨天在大街上碰见老同学玉萍，她叫我还给她前几年送我的一张照片。我说时间这么长，照片早弄丢了。她不依不饶，硬要叫我还她。你想，我咋拿得出来，就这样在大街上争吵起来。这时，走过来几个跟她相识的小伙子拉偏架，说是我欺负了她，而且还说我调戏妇女，好歹不说，一阵脚头腚子朝我打来。老子哪是好惹的！自卫还击，我也丢翻了他两个。"晓刚由委屈转为气愤，而且越说越起劲，"那个龟儿婆娘，还是同学呢，还和我耍过几天朋友，一点点情谊也不讲，无非是嫌咱们是老山里的粗人。"

伍朝远心疼晓刚，连忙拿出自己泡制的药酒，给他又是揉又是擦，可嘴里却还埋怨道："会打架算不上英雄。你也少去惹点祸，别让人家把咱铁路工人看扁了。人呀，要自尊自信，要有骨气才算硬扎。"

晓刚委屈地辩解道："受窝囊气才叫自尊自信吗？叫人家打死在大街上摆起才叫有骨气吗？"

"你就不要横起说嘛。"朴实敦厚的伍朝远解释道，"我是说，要知理懂法，有理好说嘛，找城关派出所解决不好吗？"

晓刚急得直哼哼："唉，你不懂，人家哪会等到你去找派出所呀！"

伍朝远感到为难，想说服又不能，他自己也觉得，这些年城里的那些小伙子惹是生非，打架斗殴，确实不像话。好在晓刚伤势不算太严重，加上伍朝远特制药酒的效力和他又揉又擦的功夫，过了两天勉强上班了。

临近中午时分，慢车来了。有两名县城来的公安，从火车上跳下来就直奔站长室。一见面就对彦诚简要说明来意。随后就一起来到运转室，彦诚也叫来了顶替换班的人，当班的晓刚与接班人交接完班之后，只听"咔"一声响，一副亮铮铮的黄铜手铐就卡在晓刚的两只手腕上。高个儿公安问道："前天是你在城里打架吧？"

晓刚哑然木立，无言以对。

"那个小伙子被你打成重伤，已经住进了医院。现在对你执行行政拘留半个月。"公安说着这话，脸上没有一丝一毫表情。

一列货车停下，公安带着晓刚登上了列车尾部的守车。晓刚站到通过台边上，眼泪汪汪地望着铁路边上的彦诚和伍朝远："彦头儿，书记，我冤枉啊！"彦诚心里难受，闷在铁道边上不吱声；伍朝远喉咙里哽咽着说不出话，只对晓刚挥挥手："你就去吧，去了好好对公安同志讲清楚吧。"

列车徐徐启动，晓刚站在守车门边大声叮嘱站台上的助理值班员洋亚："亚娃儿，你把我带回来的几只卤鸭儿弄给大伙吃了吧，不然等我回来已经馊臭了。"大伙目送着列车一直钻进隧洞，听着那渐渐变弱的列车哐当声和轰鸣声，车站股道边和站台上送行的职工们，久久地没人挪一步。

半个月后，晓刚回到青峰岭车站，大伙才知道，晓刚此去不光被行政拘留了半个月，同时还赔给被他打伤的人住院医疗费共一万三千元，通过公安向伤者赔礼道歉，取得对方的谅解并承诺不予起诉。

是喜是忧“风流事”

车站伙食团新来了个炊事员，家住青峰岭隧道那边的田家村，她名叫田玉兰，相貌眉清目秀，身段苗条匀称，肤色细腻白嫩，几乎没有农村姑娘那“村姑”的气息，用车站小伙子们的话来说，完全可以打“五分”。

车站几个号称“老大难”的大龄青年们可忙乎了，心里也都活泛开了，当班的或是休班的，总是想着法儿找借口到食堂去瞅一圈，有的或者干脆说要到食堂去帮厨，其目的不外乎是想多看一眼玉兰姑娘，最理想的就是能够与她多搭上几句话。从此，车站食堂开始变得热闹起来，而那些诸如择菜、砍肉骨头以及担煤劈柴之类的活儿，玉兰就再也不用染指了。

张其坤也是今年就满三十一岁的“老大难”，梦想成家之心，不容说自然是非常迫切的。田玉兰在车站食堂出现，也在他心中荡起一阵不小的涟漪，他感觉到，近来不管干什么，都特别能提起劲头，胸中常常有一股春潮暗自涌动。他也不由自主地加入“求爱”的行列之中。更令人惊讶的是，凭着他那执着的“追劲”与他那股吃苦耐劳和憨厚本分的“愣劲”，竟也赢得了玉兰姑娘与他偶尔说上一句话，递上一个微笑。张其坤当然是乐得成天合不拢嘴，于是食堂那些笨重的活儿，他也一揽而尽。他合计着：找个时机，去请线路工区的袁大婶做个媒，对这种事情，他认为还是明媒正娶把稳些，总怕自己那不会说话的嘴，把好事给弄黄了。

一个夏天的夜晚，天气闷热得让人心慌意乱。张其坤值守下夜班，二十三点半，他在单身宿舍看完电视回车站间休室去休息，正好路过车站食堂。黑暗中，他突然听见厨房外侧的柴火棚里，传来一阵阵时大时小的轻柔的流行歌曲声："就这样，一个女人，让我欢喜让我忧……"

张其坤听得清清楚楚，这正是田玉兰的歌声，那歌曲分明是台湾歌星周华健唱的那首柔婉伤感的《让我欢喜让我忧》嘛，"怎么会是女人唱起男人的歌曲了呢？"他很好奇，心中一阵悸动，一种莫名的力量，驱使他不由自主地朝着那歌声处走去……

"是谁！"随着一声喊叫，一柱强烈的信号灯光，射进了厨房旁侧的柴火棚。原来是交班回来的巡道工正好路过此地，听见棚内有响动，以为是小偷正在偷东西。在那光柱中，巡道工只看见一男一女向外逃窜……

几天后，这风流事首先在工区流传，车站职工随后自然也就知晓，人们对此也没有公开摆谈，似乎都不以为然、比较理解此事。

一天上午，车务段保卫股给站长彦诚打来电话，说有人告发本站职工张其坤与车站食堂炊事员田玉兰发生不正当关系，叫彦诚先摸个底，调查组随后就到，落实后要给当事人严肃处理。其实彦诚也听说了此事，只想睁只眼闭只眼，正好解决车站的“老大难”问题。不成想这事还是有人捅了上去，既然上级要追究这种事儿，那也得认真应对。可彦诚也不知是谁告发的，就分别去找知情者了解情况，可谁都说不知情，于是他便找到当事人张其坤和田玉兰，两个人一口否认“不正当关系”，只承认他们俩正在谈恋爱。

傍晚七点不到，住在铁路隧道那边山上田家村的田玉兰母亲，急匆匆跑到车站来，直接找到站长声明：“我家玉兰和小张是正当的谈恋爱，哪个不信的话，请站长去找工区的袁大婶对质，问问清楚。”随后又当着彦诚面愤愤不平地骂道：“哪些烂牙巴砍脑壳的，硬是缺德，又没得哪个挖他家的祖坟，何必乱咬人啊！说横了，就是有那回事，我们田家也心甘情愿！”

原来事情是这样，彦诚一下心里就踏实多了。就此机会，彦诚立即找到线路工区的袁大婶了解具体情况，把“材料”搞得更厚实些。袁大婶说：三天前，自己确实为小张和田玉兰牵过红线。彦诚心里什么都明白了，但他又能说什么呢。看到站在办公室里那个神情萎靡不振的张其坤，彦诚问他道：“你说说，这事咋处理？”

“我，我们是正常恋爱。”张其坤的脸刷地红到耳根，“我早想找你开证明结婚，就是有点儿不好意思。这件事情既然捅开了，只好来求站长开个证明。只要我能结成婚，处分我承担了就是！”他说得虽结巴，但却很坚定，在结婚和处分之间，他毅然决然两者一并选择。

“这有啥不好意思呢！”彦诚笑着捅了一下张其坤的腰间，“男婚女嫁，这事我支持嘛。”于是，他当场为张其坤开具了办理结婚手续的证明，随后又写了一份关于调查“张田问题”的报告，递到了车务段去。

一个星期后，段上派来调查组，重新调查核实了这件事。又一个星期后，张其坤和田玉兰在车站的会议室里，摆上了丰盛的香烟糖果瓜子，烧好了几大壶茶水，邀请站区所有的职工家属参加，婚礼既有证婚人又有主婚人，热闹非凡。二十几个人的小小青峰岭站区，笼罩在一片喜庆快乐祥和的气氛之中。

第二年春末，张其坤便抱起了白白胖胖的小子，处分他没落下，倒使他落下一张成天笑哈哈的脸面。这小站上唯一的小不点儿，职工们着实喜欢，这个抢着亲，那个抢着抱。这时候的青峰岭站台上，总是荡漾着欢快的歌声笑声。站舍旁那一丛丛灌木林里，各色各样的山雀、小鸟也跳得更欢，唱得更加悠扬婉转。

夕阳西下，房子还是没修完

旧历六月，大山深处的清水河再也不像平常那样平和温驯，河水也不再碧绿透底，它夹着混浊的泥沙，怒吼着向下游奔泻，河坝上种的玉米被冲得光溜溜的，在大面积的洪水里，浸泡着众多的玉米杆，就像正在抢渡洪水背着长长步枪的士兵；那些长在河岸边石缝中盘根错节、根深蒂固的灌木树疙瘩，也被冲刷成人仰马翻四脚朝天的样子，随着泥沙向下游作长途旅行。

这时正是铁路各部门防汛最紧张最艰难的季节，山区小站人的工作和生活节奏变得格外繁忙而又急促。

上午，伍朝远接到他妻子拍来的电报，要他立即请探亲假回麓谷县的乡下老家修房子。彦诚知道后，马上批准了他的假条。可伍朝远犹豫了：防汛季节铁路部门上上下下都在忙，工作量比平时增加几倍，按惯例一律不准请假；小站上人手少，不光几个班组要正常轮流倒班，管理人员还要二十四小时不间断值班值守，自己作为党支部书记的确不好意思请假，而且还是因为个人家庭的事情就离开岗位。

彦诚猜出他的想法，就再三催促他："你这人怎么这样啰嗦，修造房屋也是人生和家庭的大事情嘛。你走我顶着，实在不行我找车务段派人来助勤。"

"那……我就快去快回吧。"伍朝远心里热乎乎的，望着彦诚说不出更多感激的话。他怀着歉意乘火车回老家去了。

过了半个月，伍朝远便回到青峰岭。彦诚问他为啥提前半个月回站，伍朝远说："本来可以不回去的。家里修房子的木料早备齐了，只是差点钱，是老婆叫我带钱回家。修房那活路我又不会，还不是请人修。"

"两年多没回去，也不想多亲热几天？机会难得哟。"平时难得开玩笑的彦诚，更难得和支部书记开玩笑，今天却例外了。

"嘿嘿嘿，"伍朝远笑得脸上皱纹更加多了，"哪有闲功夫！她成天忙着给修房子的人张罗烟酒茶和饭菜伙食，我也惦念着车站上防洪的事儿。我这人也是个贱皮子，这不，在车站上想回家，待在家里又想回车站，没听到火车声音，觉也睡不着，还是在站上听到火车声音睡觉踏实些。”平时从不谈自己事儿的他，今天破天荒地谈出了自己的心理感受。

望着那张朴实憨厚的脸，听着他那看似平常的话，彦诚心里涌过一股股暖流。这两颗心更加贴近，这时的心心相碰，立即迸出一连串激荡人心的耀眼火花。

近午时分，田家村的一位农民老乡，匆匆来到青峰岭车站举报说：“今天早晨，村里来了个卖毛线的人，挑着两个大纸箱，上面还贴着商标和铁路运签。看样子是从列车上偷下来的。我叫他把毛线留下，骗他说手里没有钱，要去找人借，叫他下午来拿钱。”老乡又急忙接着说，“等他一走，我就钻隧道过来了，请车站的同志赶紧去我家等着，他来拿钱的时候就查查他。”

彦诚立即打电话到新阳县火车站派出所，说明了具体情况，请公安立刻来青峰岭配合抓捕，他随后又急促地说：“我和车站的人先赶去田家村，如真抓到扒车盗贼，就带回车站等候你们。”他放下电话，就和书记伍朝远一道顺着铁路钻隧道直奔田家村。

下午四点，彦诚和伍朝远在老乡家里躲藏起来。又过了半小时，那人果真来到老乡家里索取毛线钱，他俩立即跳出屋来，将那陌生人拦住盘问再三，穷追不舍，那人支吾一阵，越撒谎越露出马脚，最后在赃物面前只好招供：毛线是他昨天晚上扒火车掀下来的。于是彦诚和伍朝远叫那人挑上两箱毛线，俩人押着他穿过漆黑阴森的青峰岭隧洞，来到青峰岭车站的一号扳道房旁边，正巧碰上两列货车进站交会，三人只好伫立在铁道边等候列车通过。

就在列车即将接近他们身边时，盗贼突然丢下毛线担子，耗子般窜过铁道溜下山坡去了。等到彦诚和伍朝远回过神来时，飞快的列车正从身边呼啸而过，等到列车过完，俩人急忙追过铁道去，见盗贼已跑到山坡下窄窄的田埂上，正向着清水河边逃窜。他们哪肯放过，紧跟后面穷追不舍。那盗贼跑到河边走投无路，立即跳进河里向对岸游去。追在前边的伍朝远毫不犹豫地扑入滚滚洪水波涛，几下便游到盗贼前面将他截住。被切断去路，盗贼慌慌张张地回转身游上岸，正好被不会凫水守在岸边的彦诚抓获。就在这时，伍朝远被汹涌的洪涛推向下游，一个巨浪猛然劈头盖过去，只听站在岸边的彦诚惊呼一声，再也没见伍朝远露头，那宽阔的清水河，滔滔的洪水野马似的往下游一泻狂奔……

夕阳那最后一抹余晖，慢悠悠地在对面山顶上消失，西边的天空浮现出玫瑰般的媚人晚霞，夜幕像轻柔的薄纱徐徐地笼罩在大地上。山坳的河谷里，回荡着人们痛切呼唤伍朝远的声音，从黄昏到深夜，从深夜直至天色微明，还有那河谷里一泻千里的洪涛，持续发出悲壮的呜咽和哭泣。

只要还有铁路……

又一个秋天到了。一晃几年过去，时光的车轮匆匆地滚过铁路里程中一个个公里牌。铁路边的巴地草黄了又绿，绿了又黄，虽然它卑微得趴在地上不为人知，但比起它的从前，毕竟又更加茂盛了许多，它总是把那微细的草籽迎风摇曳，洒落到深山四周和那广袤贫瘠的土地上，接受着雨露和阳光，待到来年春暖花开时，他又蓬蓬勃勃生长起来，逐渐向更远的地方爬行蔓延。

青峰岭，这个小小的车站，几年来也该有一些变化了吧？有的，不变是相对的，而变化是绝对的。老站长回到河北老家后，曾来过两封书信问候大伙，可惜一年多后，便告别他工作学习过的大山铁路，离开生养他六十二年的大地，落叶终究归了根下黄土。站务员晓刚，果真是个有点骨气、有点出息的人，去年底考取电视大学，主攻铁路运输计算机管理专业，现在已上第二学期了，今年初放寒假还回到青峰岭车站，和大伙一起拼凑他早已熟悉的那份热闹，与师兄弟们共度小站春节呢。张其坤现在已经提任车站值班员了，但他的命运也不是很妙：与田玉兰结婚一年多又离婚了。现在玉兰已嫁到县城郊区，与比她大十七岁的菜农一块过日子去了，她给张其坤丢下个一岁多的儿子，刚会走路就成天绕着他脚跟转，觉得孩子碍手碍脚，他只得送回陕西老家，让他母亲养着，每月尽着寄去一大半工资的义务，他整天闷闷不乐，不是独自一人喝闷酒，望着青黝黝的大山发痴，就是拼命干活。伍朝远去世一周年之际，省政府发文批准他为烈士，省委追认他为优秀共产党员，并号召全省人民学习他为追捕盗窃铁路运输物资的罪犯而英勇献身的大无畏精神。而他那远在麓谷县农村老家的妻子儿女已办理了“农转非”，定居在新阳县火车站，大女儿就安置在新阳站做客运工作。站长彦诚呢，他那在新阳县车站当行李员的妻子娴娣，与跑车进山的列车员挺熟，常给彦诚捎带些好吃的去，有时也去青峰岭探亲，待上一两天或者一个星期。就在昨天，彦诚和娴娣同时接到上级发来的调令：调他俩同到山那边的另一个小站去工作。这是出于何种原因？是这儿干得好吗？还是没干好呢？彦诚不知也不想知道，他只知道尽一个铁路员工和党员的职责，凭着自己的党性和良知去做事。同时他也有着一种如愿的感觉，这几年来，没能照顾好妻子，前年因新阳站区停水停电，娴娣自己去井里提水，把怀有已经四个月的孩子给流掉了，为这事妻子和丈母娘，跟自己过不去有好长一段时间。这下可好了，她在自己身边，连同她又怀有六个月的小宝贝，自己总可以尽一点丈夫的责任了。车务段新任命青峰岭的站长是洋亚，是彦诚培养的，就是那个曾经说彦诚是来青峰岭“镀金”的小伙子。

列车不知不觉地启动了。山那边的悠悠白云，一团一团地堆在山腰间，像晒场上那大堆大堆的棉花，那种数九寒天人们需要的、很暖很暖的棉絮团。彦诚脑子里响起了一部电视片中的独白：“只要有铁路，就有小站，只要有小站，就会有人。”彦诚想，山那边还有小站呢，那里还会有人吗……

火车故意呼啸着不停息，穿梭在大山深处峡谷中的洞和桥之间，蜿蜒盘旋在群山之巅，淹没在疏松暖和的棉花堆里，向着山那边的又一个小站开去……

1989 年 6 月于德昌凤凰锥

我那终将逝去的春运喧嚣

春节，是中国人血液里永恒的基因。人人都要过春节，春运不一定人人都遇上。中国春运是地球上的一个奇迹，也是这个世界上的一大奇观，它其实就是一个人口大迁徙，人群大漂移。只要在外劳作的人们，春节前都要急切地赶回老家过大年，节后又要浩浩荡荡迅速返回各自的岗位，于是全国运输部门在节前15天节后25天的40天时间内，将全部人力物力财力投入旅客运输中去，这样就形成了声势浩大的春运。成昆铁路作为攀西地区和四川盆地南向出川的黄金通道，不论是客运还是货运，迎战春运就成了必修课，也是一场紧张而艰苦卓绝的硬战。

2022年全国铁路春运于1月17日正式启动。在这个我经历过无数次具有特殊记忆的春运时刻，我不由自主地想起了我远去的母亲，也想起多年前在成昆线上的经历。

母亲每年大概从腊月初就开始张罗起来，为准备春节年货要忙碌好长一段时间，她要制作很多传统的家常食品，如鸡鸭牛羊、腌腊制品，各种新鲜蔬菜，反正河鲜鱼虾是少不了的，还有一道最特别、百吃不厌的她老家的祖传私房菜品，就是用各种腌腊肉制品炖出的红白萝卜汤，每年春节端上桌总是最先被抢光吃完。

那时候我一直在党委组织、宣传部门工作。作为机关人员，我因每年要忙着下站段完成春运包保任务，不能在母亲身边陪同守岁过年，需提前吃过团年饭就要出门，母亲预先想到我外出的饭菜，须便于携带易于存放方便加热，她就用铝制饭盒装上满满的腌腊制品，另外还特意包上一大包许久也吃不完的家传春节零食：老油砂子炒制的红薯干、玉米花、南瓜子和葵瓜子、花生蚕豆黄豆等，还混搭着各色各类糖果。她说：“多拿些去吧，也分给同事们都吃些。”

我带着母亲的春节大礼包踏上春运的路。那十多年来，我曾被安排去支援攀枝花、米易、德昌、越西、峨边、夹江、眉山、彭山、双流等车站的春运。

2017 年我又被安排到峨眉车站包保春运，我没有携带母亲为我准备的春节大礼包，因为她老人家已离我远去，上了天堂。春节前夕我到达峨眉车站报到，了解并完善春运方案，带领小组成员执勤巡查，与车站人员在售票厅、候车厅、检票口、站台上和进出站口值守。这一年的站台上，节前人流稀稀拉拉、冷冷清清，没有一点春运味儿。这景象不由得使我想起了 24 年前一场难忘的春运经历。

那是 1993 年，西昌铁路分局党委抽调组、宣、干、办以及分局纪委、检法两院、工会、团委及其各部门的机关干部 30 多人支援基层春运，其中 10 多人支援夹江车站，我和其余 20 人由分局党委李绍增副书记带队，乘火车来到峨眉站支援春运。到达当天我们就与车站的客运职工见面，召开春运动员大会后，立即投入紧张的春运战斗。这一天客流剧增，西南交大的学生流与周边各县市的民工流重叠，车务段没派人支援，所有旅客购票、乘降组织以及各通道的秩序维护全靠车站客运职工和局机关 20 名干部完成。

先说旅客购票。四面八方的旅客乘大巴车一拨一拨不间断地来到车站广场，每到达一拨旅客就会人声鼎沸一阵，我们一听到这种喧嚣心里就一阵一阵紧张，下车的旅客们蜂拥而至直扑车站售票大厅，为买上一张票他们从人群头顶上爬向窗口，即使有公安竭力维持秩序仍然混乱不堪，到最后还是绝大部分旅客买不到票，可谓一票难求。没办法呀，车站附近的大小旅馆住满了要回家的旅客，可是纵然住上七八天，每天排队也未必能买到一张车票,还是上不了车走不了路,抢购车票愈演愈烈。

情况很糟糕。铁路分局运输分处和客运分处紧急调集运力，形势仍然不能缓解，车站滞留的旅客越来越多。前线告急，后方也无剩余运力。当时的绿皮车很有限，投入所有运力也无济于事，只能干着急啊。经请示，车站可开辟“绿色通道”，将多日未购到票的旅客有秩序地引导进站“想法上车”。

再说旅客乘降组织。有票者少，无票者多，无论旅客有票无票全部排列在站台上，只等列车停稳，站台上便出现一幅幅负重躬行、猛跑狂奔的人群、黑压压的人流把列车紧紧包围的难忘景象。接下来的情况更糟，车上挤得水泄不通，打不开车门，想下车的下不来，想上车的上不去，而车上的人绝大多数是过路客，列车也是过路车。一些旅客见列车厕所窗户开着一条缝，就拼命爬上去撑开车窗，一个接一个往里爬，一个小小的厕所居然能硬塞进 13 个人；还有的旅客见列车锅炉房窗户开着缝，仍然硬着头皮往里钻，一个锅炉房居然也硬塞进4个人。我认识的一位峨眉机务段职工，也是从列车锅炉房窗户爬进去，贴着滚烫的锅炉壁硬挤，当时就把肚皮烫起巴掌大的泡，至今还留着疤痕。

车下人群继续向车上拥挤，列车无法开动只有晚点。纵有个别旅客想法挤上了车，可车厢内的景象也不亚于车下，旅客多得人挨人、人抬人，只能一只脚尖落地，轮换一下都腾不出缝隙，持续四五个小时也挪不动身；车厢里有内急的妇女儿童，只好由几个男性旅客背着身围成圈垫上报纸来解决，完毕后再将秽物从行驶的列车窗户扔出去。大冷天的车厢里，旅客们挤得汗流浃背，吆喝声、叫骂声、尖叫声、小孩哭闹声和列车的哐当哐当声此起彼伏，车厢里弥漫着油汗味、烟草味、屎尿味和女人的各类香水味。列车上还时不时有旅客晕倒，阵阵尖叫声和呼救声撕心裂肺，“保护妇女儿童，挪点缝隙让个位子”的吆喝声此起彼伏。那景象现在许多人想起来都说：真是惨不忍睹啊！

问题来了，站台上没能上车的大部分旅客怎么办？列车开走后我们照例组织进站的旅客又颇费周折地劝解出站，下趟列车又这样重复组织这些旅客进站等候挤上车，可是再下趟列车情况更糟，我们又照例组织旅客出站进站，循环往复，日复一日，列复一列，旅客越积越多，情绪越来越大，问询算是文明的了，找工作人员论理、吵架打架的轮番上演，安全秩序稳定就成了车站春运最大的问题。

怎么办？大家都望着最高首长。李副书记说：应对非常态问题还得采取非常态手段，就是将多日滞留的旅客尽可能多地“输送”回家，才能够到达最终目的。

什么非常手段？通过几天的观察和个别实践，已经摸索出一套行之有效的方法，即使用工具将车窗垫起来，再将滞留旅客“送”上车，那么用什么工具呢，答案只有一个：木棍。

说来这木棍也真的管用，我们机关干部上岗时每人携带一根50公分长短的木棍，只要列车停稳车门打不开，我们就用两只木棍将车上旅客透气的车窗垫住，使车上旅客无法关闭车窗，然后由另外四五个工作人员帮助旅客从车窗爬进去，遇到车上有旅客向下推的，车下的人员立即制止，将旅客连行李一起硬塞进去，一个车窗只要塞进一个人，接着就会不断塞进十七八个人，车上的人慑于木棍也不敢贸然强行关窗。记得一位回家探亲的男人当时堵住车窗，掏出一把匕首比划着威胁想上车的旅客，叫喊着逼迫旅客下车，站台上的所有工作人员立即怒吼起来，一名公安吼道：“胆敢拿刀子，拖他下来！”情况危急，僵持了两分钟，没有一个人敢于上车夺刀，当时我也没多想，一跃身翻进车窗，在拥挤的车厢里抓住男人的手，歇斯底里地指令他：“把刀交出来！”他慑于众怒将匕首递给谁藏了起来，我见他手中没有了尖刀，就一把抓住他衣领顺势一拖将他塞往窗外，车下的几个人接住顺手一拖，“刷”的一下就把男人拽到站台上，他未婚妻哭喊着：“他没有拿刀啊，不是他拿的刀啊！”随后我又把她连同行李也“顺”下车来，站台上的公安立即将其带离现场安排下一趟车回家。

木棍作为工具发挥了它应有的作用，效果也就立竿见影，此后的趟趟列车照此效仿，站台上的旅客就这样一批批被“送”上回家的路。“棒子队”的“美名”也由此不胫而走，名声悄然远播成昆线，其他客流大的车站也纷纷效仿复制。没几天分局传来消息：旅客乘降组织有章可循，“棒子队”的旅客组织方法不可取。之后的情形又开始恶化，春运组织的酣战进入持续胶着状态。

如此状态从春节前一直持续40天直到春运结束。这情景我至今回想起来，心里总也涌起一阵阵酸楚，眼眶里不时泛起难忍的泪光。

接下来再说说春运期间支援干部的生活起居，这可是寒冬腊月的40天呢。春运支援干部的住宿，是峨眉车务段劳动服务公司的招待所，两个人8平方米的一间房，木门木窗木床木桌子；吃饭，就餐于邻近的卫生所食堂，一日三餐，早餐稀饭馒头咸菜，中晚餐炒菜炒肉大米饭，超大的工作量，深夜接送完列车回到宿舍，寒风吹起单薄的衣衫又饥又寒；洗浴，是在招待所旁的围墙边，只有半边盖着千疮百孔的牛毛毡，另半边的牛毛毡不知何年何月早被风霜吹走，白天洗澡头顶着腊月的丝丝细雨，夜晚洗澡头顶着点点寒星；间休，20多人在旅客乘降组织的间隙，蜷缩在贵宾室和客运值班室的木椅上打盹，每天接车从凌晨5点直到晚上10点，40个日日夜夜每天如此，没人擅自跨出过车站广场去宵夜或娱乐，始终与车站客运班组人员一道同甘苦共患难。

春运中期的一天，据说分局党委吉书记给车务段段长电话：“你们搞些什么名堂？李副书记在你们管辖的峨眉站支援春运

20 多天，拉肚子也有两个星期了，你们有谁去过问一下了吗？看样子你们是不想干了？”

第二天一大早，峨眉车务段的八大金刚带领各科室主任，衣冠楚楚身着制服，齐刷刷赶到峨眉站看望慰问战斗在春运第一线的分局机关干部和车站职工，同时表示道歉，还特意带来了药品等物，随后留下五六个车务段干部协助春运。其实，我们 20 个人到峨眉站支援春运的第一个星期大家还在适应中，第二个星期就有人感冒了，与我住同室的组织部的协理杨才伟就发烧一个星期了。李副书记命令各部门轮流换人就医，先来先换，来人再走。可他自己刚到峨眉站也闹肚子，他认为是水土不服造成，吃着卫生所的药，一个星期也不见好转，他忍着不吱声仍然坚持在一线“输送”旅客，半个月后是分局纪委办公室叶主任私下将消息递回分局机关的。分局党委要求李副书记回中心医院治疗，另换一位领导来替换，李副书记婉言谢绝，还说拉肚子就是针尖大的事儿。

还记得峨眉站春运结束的那一天，天空继续飘着霏霏细雨，大地吹着飕飕寒风。分局机关干部圆满完成了春运支援任务，大家就要回家了，归心似箭。李副书记做事善始善终，20 多名机关干部与车站客运人员在贵宾室召开了一个简短的总结会。李副书记概括了峨眉站春运成绩和经验，提出了问题和不足，希望峨眉站吸取教训，发扬成绩，保持全路“先进中间站”称号。随后询问机关各部门负责人有何补充，大伙心情沉重，经历的酸甜苦辣说不出口，只庆幸春运终于结束，与车站客运人员互换苦涩的目光，还有些许不舍离别的惆怅。不是吗？像打仗一样与峨眉站客运员们并肩战斗了40个日日夜夜，双方都会终身难忘。

随后每逢完成春运任务回家，我都要饶有兴味地向母亲讲述春运中有趣的故事，她也认真会意地倾听。在她的记忆中，春运真的太辛苦了，太惊险太危险了，她总是这样对邻居们念叨。正因为如此，每年我要下站段支援春运，母亲都照例备上一份春节大礼包，她以自己特有的方式支援着铁路的春运。

今年我同样被安排到峨眉站包保春运。我在心里揣着母亲给我的大礼包，来到峨眉的站台上。车还是那些车，站房还是原来的站房，可当年并肩春运认识的客运主任周兵、唐领班、蔡领班等客运人员早已退休离开车站，现任的客运主任伍伟侠，今年春运结束就要退休，眼前的客运员也变换成新的模样，笑容满面使得旅客们感到温馨，上下车的旅客井然有序、寥寥无几。今天由于快速发展的高速铁路，普速铁路的春运已卸下了往日的重负，日后成昆线只能保留着货运干线的功能了。

我走在昔日的站台上，仍然吹着当年的徐徐寒风，风雨棚上依然飘洒着沥沥细雨，空旷中游荡着莫名的阵阵惆怅。蓦然回首，我母亲和我那魂绕梦萦的春运喧嚣，早已渐渐离我远去……

2022年1月17日于成都荆竹坝

三月春光菜花黄

五月天，我驱车出差路过峨眉龙池，小镇恰逢赶场，人群熙熙攘攘，突然一阵阵清香飘进车窗惹人醉迷，司机说，这是今年新榨菜籽油的香气。不经意的解释，我却不自然地联想到今年阳春三月，金黄灿烂的油菜花铺天盖地的动人景象。

只可惜，今年的三月菜花黄我压根儿就没见着。那是因为我生病在医院躺了一个月。小病住院算是小歇，病得稍重点可以视为调整生活节奏,要是病得再重点在医院住的时间长一些，这人啊就自然会想得多点，在输液检查治疗后的闲暇之余，也都希望有个人来看望问候一下，再聊上几句家里家外的闲话，这人就会感到满足，若是病房若市，热闹且有面子，病人的虚荣心得到极大的满足，颇有成就感啊，心情病情似乎也会好转许多。

于是，谁来医院看望，会反映出不同的价值取向，也会反映出不同的文化积淀和生活经历感悟。

如果单位的上下级同事都来看望你，说明你人缘好啊；如果有很多同学、战友都来看望你，说明你有经历，阅历丰富啊；如果家族成员都来看望，说明你在家族中的威望很高啊；如果各路朋友来看望，说明你的人脉广、路子宽啊；如果还有大领导或大亨前来看望你，说明你有背景、有势力啊。

这林林总总，各有各的需求，各有各的价值认同。不管大病小病、由谁来看或不看，作为我自己总想一个人清清静静的，只听医生的话就行了。

可在我住院期间，却偶遇到这样一件事。本单位一个办公室里的下属同事，给我发来了三条信息。

第一条信息大概是知道本单位其他同事都已陆续前来看望问候过了，并且知道病得不轻。内容是这样的："萌萌主任，听说你这次病得较重，这几天很忙，希望你安心治疗，我忙完这几天一定来看望你。"

我想，这人不像他们说的那样，应该还是不错的。我回信息："谢谢！"

第二条信息大约离第一条之后半个月发来的，主要是说明这么久没来看望的原因，内容是这样的："萌萌主任，这段时间办公室事情太多走不开，什么时候来看望你，我得去请示一下领导。"

我想，办公室的事情多不多我不知道吗？难道周末我安排你上班了吗？难道看望同事还需要请示上级的上级吗？真是遇到个"花鸡"了。我不再回复信息了。

第三条是又过了十天发过来的，大概是诠释一下为何这么久未来看望的原因，消除之前的承诺带来的负面影响。内容是这样的："萌萌主任，我期待着你早日康复重返工作岗位，共同品尝嘉州明前茶。"

我愕然，陷入深深沉思，随即从心底笑出了声。

阳春三月，当我重返岗位走进办公室的时候，三条信息的发送者看见我却形同路人。

这也太煞风景了吧，这些突破道德底线的言行，千万不要亵渎了眼前这三月菜花黄遍地的无限春光。

八月下旬，全国各大媒体频频传来消息，山东临沂一名考上大学的学生徐玉玉，因为被骗去好不容易筹来的学费而不堪重负，结束了自己年轻的生命，她临终曾发出“我都这样了，你们还要骗我！”的呼唤声，揭示了当今社会“突底”现象的存在，并逐步延伸到普通百姓的日常生活当中，开始侵蚀中华民族的道德体系。

我不敢相信，正是三月菜花飘香时，无论你是出差还是旅游，当你徜徉在嘉州大地这生机盎然、遍地春光、遍地金黄的一派祥和宜人、催人奋进的景象之中，居然会发生这样“突底”的事情。这世界这年头，无论什么季节，无论多么美好的天气里，无论多么祥和宜人的气氛里，都会发生这类亵渎嘉州明前茶的事情，这下你算是开眼界了吧。如果你没见着，只能证明你的运气确实不好。

但是瑕不掩瑜，中华民族的优秀品德照样代代相传，人人都有趋明弃暗的行为习惯，诚信善良的美好事物始终是人类社会发展的动力源泉，眼前的嘉州明前茶一阵阵飘香，灿烂明媚的春光日复一日，遍地飘香的油菜黄花年复一年，天长地远。

也是八月下旬的一天，我几乎流着泪看完了一位远方同学发来的文章，一个伟大的传奇——《温顿的故事》，这是一个八十多年来温顿本人从未向人提起过的事情，是他夫人在整理阁楼里的杂物时发现一个名册才曝光于世，这故事讲述了一个英国老兵到波兰旅游时偶遇，并想方设法、费尽千辛万苦拯救六百六十九名犹太小孩的动人善举。温顿一生始终坚持着简单、善良与豁达，他活到了一百零六岁。

八月份，我居住的小区同时发生发展着一个平凡的故事——《米兰美鞋人的故事》。三年前我陪夫人到小区一家修鞋店修补一双皮鞋，因为年纪大了想把皮鞋的高跟改成矮跟，修鞋人很健谈：“我知道了，你不用多说，这鞋我一定改得让你们满意。”

我们点头称是。

他又补充说：“没办法，我这辈子就只会修鞋。”他非常自信。几天后我们取回皮鞋，确实令人满意，他兑现了他的承诺，赢得了我们的信任。

之后的这几年，我就常常看到他坐在店门外，怀里抱着一只吉他，认真地慢悠悠地弹奏着，嘴里还莺莺地低唱着不知名的歌，他就一直这样快乐地生活着。

他的举动，教我仿佛悟到了生命的意义和价值。

这些举动，这些故事才真正配得上眼前这三月菜花遍地黄的美好春光，他们互促互进，相得益彰。

君不见，高速动车仍然在川西坝子箭一般闪烁，大片的油菜黄花仍然像硕大的地毯，被一道道白色闪电划过，高铁旁的油菜花朵仍然不弯腰，只是微微点头，随即平静祥和地泛着一派春意盎然的灿烂景象。

期盼铁路明天的灿烂

那灵秀雄奇的大山耐不住孤单，总对进山来的每个铁道养路工说上几箩：你说过你特别地对我钟情和亲昵，直到天不下雨天不刮风天上没太阳。

你说是不是冤枉只像是当头一棒，你曾经到过山里只为那里有宜人的风光。

因为常看到那里成千上万人的奔忙，在山坳里种得遍地五彩斑斓的瓜果，于是你也转到山脚下借来一把镐一把锹，寻到一处又黑又潮的铁路边荒坡地，挖出一串排列规整深浅不一的树坑，数一数正好二十四个。你便盘算着小九九，二十四个坑正对应着二十四个节气，你要在每个节气的每个树坑里的，种下二十四棵能结不同果实的幼苗。

谁也不曾料想，夏季的山坳里，突发了一场罕见泥石流，摧毁了所有树苗不留一条树根,填平了所有树坑不留一个坑窝，石块泥沙地上是一派雨过天晴的清幽，心里即挪出一片空地让时间在此停留。

不久有人说新开荒地潜藏的肥力最大，继续种瓜种果必定获得满园的丰收，你嘴上想说又不愿说其实本来就说不出，只对着黑黢黢的大山想吼想号想叫，憋得一脸的橘红，又开始期盼铁路明天的灿烂。

四 真情延绵

田叔叔·麦笛·我

每年的五月间，当我看到那些汗流浃背的农民，挥舞着弯弯的银镰，刷刷地割着金黄麦穗的时候，当我看到那些被脱尽饱满麦粒的麦秸秆，被捆成一把一把的，然后堆成像斗篷又像山神庙样的麦秸垛的时候，我不由想起一个人来，他就是我孩提时代认识的宝成线一个小火车站上的田叔叔。

我的童年是在涪江边的宝成线小站上度过的。才四岁的我没能上学校，但却能记事了。在车站家属区里，我是最快乐的孩子。这个田叔叔便是我们车站的一个扳道员，据说他也有家有孩子和妻子，都在远方的家乡。

还清楚地记得，田叔叔身材高挑清瘦，他平素总是沉默寡言，不善言谈并且难得见他一次笑脸。每年五月开始收割麦子的时候，他总是要去车站宿舍附近的麦田里转悠，捡回几根金黄透亮的新鲜麦秸，然后端出一把小木凳独自在自己宿舍门前坐下，从腰间掏出一把小刀削着剥着，不一会儿便做好一支五寸长的麦笛，又试着呜哇呜哇地吹奏起来，这一声声一阵阵独特的乐曲，越过那一排排家属宿舍，穿透门窗传递过来，引来我们一大群爱热闹的小孩子，于是我们就团团围住田叔叔，听他津津有味地吹奏麦笛。

吹完一曲，田叔叔就指着他手里的麦笛，极其认真地对我们说："这就是我们老家乡下人的土乐器，我家乡人都喜欢吹，在麦田里割麦子时，大家休息就找个阴凉处，垫上一把麦秸秆坐下来，顺手从屁股底下抽出根浑圆点的麦梗，用长指甲盖儿代替小刀，只需三五两下乐器就做成了，大家就你吹一曲我吹一曲，边歇凉边解闷。"

说到这里他停顿下来，也不看我们，若有所思地盯着远处的麦秸垛，声调低沉而悠长："一到麦收季节，村里的大人娃儿都要自己做麦笛吹着玩，这时节不管你走到哪里，都听得到这好听的乐曲，那些日子过得松和宽余的人家，吹出的乐曲又快又脆，日子艰难点的人，吹出的曲子就低沉缓慢些。"

他还在遥望着那片刚刚收过麦穗的田野，他的这席话我们小孩子不知所云，只是觉得他手里的麦笛既新奇又神秘，都嚷嚷着想要他那只神奇的麦笛，也学着吹奏那种神奇的乐曲。于是在我们纷纷乞求下，田叔叔点点头笑眯眯并极其认真地为我们每个小孩做了一只，做好后他先行试吹几下，听听发不发音或发音准与不准,之后才递给我们并一个个手把手教我们吹奏，我们都兴高采烈地拿着吹着，翻来覆去地把玩着，真的是爱不释手，学着田叔叔的样子和吹法，呜哇呜哇吹得乐疯了天。呜哇呜哇——呜哇呜哇——整个车站家属区响起了参差不齐的麦笛声，好一派热闹景象。

那些个炎热的夏天，在我心目中是最热闹最有趣也是最难忘的了。

我满心欢喜地拿着麦笛，呜哇呜哇地吹回了家，母亲看到我吹的麦笛，就问我是从哪里弄来的，我说："这是田叔叔给做的，他还教会我吹曲子呢。”

母亲一听，像被毒蛇咬了一口似的一惊，厉声吼道：“不许吹了，快把它丢远些！”说完她一把从我手中夺过麦笛，一扬手真的扔出老远老远。

为什么给扔了呢？这么好的麦笛，母亲今天怎么变得如此蛮不讲理、如此粗暴。我真的很不理解，像是受了莫大的委屈，哇哇哇地大哭起来，跺着脚打着滚闹着嚷着，非要母亲赔我那只心爱的麦笛。只见母亲把脸一沉，说到：“田叔叔有肺病，被传染了马上会死人的。”

一听说要死人，我的哭叫戛然而止，吓得愣愣地站在原地一动不动，再也不敢要麦笛了。

从那以后，每当我听到远处传来的声声麦笛，我知道，田叔叔又在做着麦笛并用心地吹奏，但是车站的小孩子一个也不敢靠近,因为有大人们的严加看管。可那麦笛的魔力也实在太大，我们一听到它的声音就像磁铁遇到针，心里痒痒得像中了魔似的，只要大人们稍不留神，小孩子们还是悄悄地飞快溜到田叔叔的身边去了。

又有好长一段时间不见田叔叔的身影了，真的想念他啊，做梦都在看他做麦笛，听他吹奏麦笛，即使麦子早已收割完毕。后来又见到他回车站上班了，听大人们说，他去中心医院看病治疗了一段时间，因为成都也在闹运动，肺病没有完全治好，他又回到车站上班了。

几年后,我们举家搬迁到成昆线更远的地方去了。十多年后，我已经长成大人，并且参加了工作，成为成昆铁路工人的一员。

一天下午在家，我偶然听到父亲对母亲说：“宝成线那个车站的田孟孟，在我们搬家走后不久就去世了，这才听人说的。”父亲又叹了口气，“多可惜啊，那么老实勤奋的人。”

“是啊，还那么年轻才四十多五十不到呢，看他上班那个卖命劲。”

“在那个年代，有谁去管他呢，再说偏僻小站的医疗太难了。”父亲说得有些愤慨了。

父母亲仅仅是与田叔叔共过事，却根本没有留意，也不会留意我们孩子们心中所珍藏的那只永远透亮的麦笛，在我听过父母的对话后，也静静地悄悄地流淌过泪。这十多年来，我时时想念着麦笛，忆起田叔叔那朴实憨厚的音容笑貌，脑际中不间断地响起那永远难以忘却的阵阵麦笛声响。

呜哇呜哇——呜哇呜哇——又到麦收季节了，我心目中那只蛋黄透亮的麦笛，又在铁路边上呜啊呜啊地响起来了，叫起来了……

父亲的初心

我的父亲于1926年12月12日出生于四川省开县十六区岳溪镇岳家场（乡）的一个佃户家庭，家贫如洗。他与刘家人（明昭）的家乡赵家场相毗邻。每年的夏秋季节，总要将自家收成的大部分粮食作为地租交到地主大院。父亲一家老小挑着箩筐、背着竹背篓，来到地主院子里排队等候量升过斗。穷苦人家都穿着破旧的粗布长衫，浑身还散发出浓烈的汗麦味，年少的父亲光着脚丫，站在地主大院中间，手里拿着不敢放下的挑粮扁担，只见地主的看家大黑狗呼啸着冲上来撕扯父亲的衣衫下摆和小腿，随即衣衫被撕成细条状，小腿被咬得鲜血淋漓，父亲仍然一动不动地站着，我爷爷仅在一旁吆喝也不敢用扁担驱赶恶狗，“打狗看主人啊”，地主不来阻止，谁又敢拿扁担驱赶恶狗呢？

所以，直到后来父亲八十几岁的时候，我去父亲家里看望他，顺便带着我养的小宠物狗，母亲都立即制止道：“你要看你父亲自己进屋就行了，不要带狗狗进去。”

我问：“为什么？”

母亲说：“你父亲最恨最见不得的就是狗了，因为……”也就是我前面讲的那个故事。

今年6月上旬，几个朋友邀约一起前往木里县香格里拉湖和云南泸沽湖游历，回程路上路过西昌，我要去悼念一下于2016年5月8日去世的父亲，并整理一下父亲的遗物，收集父亲参加革命的历史资料，赶写一篇建党百年的征文。

父亲这一辈子是革命的一生，也是两袖清风，以身作则，忍辱负重，勤俭节约，艰苦奋斗的一生。他没有留下任何遗产遗物，我仅翻找出来父亲于1956年6月30日在资中铁路运输技校转业时办理的一册破旧无封皮的《预备役军士和兵证明书》，其内页记载着父亲参加革命前期两个阶段的时间经历，再加上父亲生前陆续给我们儿孙辈讲述的点滴故事，使我大致了解到父亲革命的一生。

父亲一家人都是下苦力的，租田种地，挑煤贩盐。父亲十几岁的时候又到万县城里的理发店当学徒，学了半年就只会给别人洗头，老板才不会教你理发的真本事呢，于是又回家乡种地。

1949年四五月份的一天，父亲正在家乡的山坡上捡狗屎，听到赵家场的人传说，刘总的人正在街上招兵买马，要扩大队伍解放全中国的苦难人。父亲听得兴致高涨，将手里的狗屎篾篼扔出老远滚下山坡，自己飞身直奔山下，来到乡场（镇）上，只见当街有军人放着一张木桌在摆台招兵，听说只要报名参军就发给衣服和路费，每天还有白米饭和馒头吃。于是父亲走了过去开始报名参军。

人家问："你为什么要参军？"

"在家没饱饭吃，参军有饭吃还有衣服穿。"父亲回答。

人家又问："你参军家里人知道吗？"

"知道！"父亲回答道。其实家里父母根本不知道父母的去向，知道了肯定不会同意的，因为父亲在家里排行老大，下面还有几个小弟妹呢。

招兵人于是给父亲登记收为新兵，叫父亲进入一间院落等待，随后与新招的十几个人乘车到达万县，在码头汇集三百多个新兵乘船顺江而下，于1949年5月中旬到达湖北当阳，开展新兵集训。

父亲到达当阳当天，营房内的一位山东大胡子赵队长命令父亲："你把衣服全部脱了！"父亲脱下了破衣衫。

赵队长又吼道："把裤子也脱了！"

父亲慌张起来，立即哭诉道："赵队长，我是没有饭吃才来当兵打老蒋的，你叫我脱衣服我脱了，你怎么还让脱裤子，你叫我一身光胴胴怎么回家呢？"

只见赵队长把手枪往桌上一摔："我叫你拖（脱）你就给我拖（脱）！"

"哪有这种军队哟，裤子都不让穿。"父亲护着裤衩带不愿意脱。

"给我扒下来！"赵队长发火了，命令身边的通讯员。通讯员只三五下就把父亲的裤衩扒下来了，父亲光精着身子站在房屋角落只顾哭泣，通讯员随即递过来一套灰布军装，领着父亲去隔壁洗澡去了。后来父亲才知道，全身脱光洗澡再换新装是为了预防虱子传入部队。

6月的一天，父亲领到一支"猫尔盖"枪（毛瑟步枪），枪带还是草麻做的。新兵集训结束后父亲等人被派往当阳县芦家湾区干部队开展土改和宣传工作，同时在部队内开展诉苦运动并待令开拔前线。

1949 年 7 月 18 日，二野前委发出进军大西南的号令。父亲等人被编入二野十一军 33 师 97 团二营三连任机枪手。8 月 19 日随部队逆江而上，一路走走停停，战斗激烈残酷而且接连不断。9 月上旬部队到达万县休整，等待接受新的命令，即等待轮船返回武汉乘火车接受新任务。可是部队等了三天也没有看到一只轮船，据部队首长说，是黑心资本家的轮船在来的水路上发生“故障”了。于是中央及二野前委又令，所有部队担当解放大西南任务，入川剿匪。

部队立即开拔，一路向西，迅速占领綦江并驻扎剿匪，同时接管国民党綦江铁路局。父亲所属部队每天负责看守土匪头子孙老四和伪局长孙大理（音）等重犯，枪毙了许多叛乱的土匪特务和伪政人员，还要监督那些伪局长伪科长们成天书写犯罪交待材料，吃饭上厕所时部队的战士们也要寸步不离。伪局长孙大理要上厕所，负责看管的父亲端着枪紧跟守候，三四十分钟过去了，父亲见没有一点动静，还不见孙大理出来，冲进厕所一看，孙大理已经在厕所的木梁上吊畏罪自杀了。父亲因此受到处分，此后对这些人员的看管就更加严格了。

1950 年 8 月初，二野将国民党綦江铁路局改组为綦江铁路办事处，主任胡懋洲（后任成都市市长），军代表田洗文（后任成都、沈阳铁路局局长），父亲所属部队即转为经济保卫部队。

随后部队开拔赶水一带剿匪，父亲也调入警通班，部队为他配备了一支驳壳手枪，担任田代表的警卫员。

1953 年 6 月，綦江铁路局并入重庆铁路局（后来又改为西南铁路工程局和管理局），经济保卫部队集体转为铁路公安部队，成立了重庆铁路公安科，蒋治中（音）任科长。父亲等人下派到三江派出所任警士，执行守桥任务。每到夜幕降临之时，常常有守桥战士被躲藏在暗处的土匪特务装麻袋，推入滚滚长江水中。

1955 年 12 月，父亲进入资阳铁路技术学校学习，学校设有客运、货运、车务、机务、商务等专业。1956 年 6 月 30 日，全体战士学成毕业之际，部队宣布所属的战士在校集体转业，父亲和战友们被分配到资中等各车站实习客运、货运、运转、机务、商务等并定职从事铁路运输管理工作。

父亲在 1957 年调入宝成线上溪坝车站，1959 年父亲被调往广元、成都、中坝（江油）等车站工作。1969 年父亲为支援三线建设，主动要求调往彝族地区大凉山，着手接管成昆线，支援并建设攀枝花钢铁基地，从此在攀枝花和大凉山奉献毕生精力，直至 1983 年 6 月光荣离休。

那一天，父亲深情地对我说："没有共产党就没有我，也就没有我们这个家！"

此时此刻，我手里捧着父亲留下的《预备役军士和兵证明书》，脑海里响起父亲退休时说的那句话，感觉这本证书重有千斤，又分明看到父亲于 2016 年 5 月 8 日临终时对我意味深长的嘱托："你是家中老大，要带好头，做好榜样，不要忘了党恩，要知恩图报……”

我流着泪水频频点头，我知道父亲是担心他的后代忘记过去、忘记党的恩情，他是在嘱托子孙后代，绝不能忘记中国共产党的奋斗历程和党的初心。

五月，流传编辑部的故事

五月初接连几天的明媚阳光，穿透钢筋水泥大厦挤出的几道深长峡谷。三只灰色的鸽子在呜呜地飞翔，下午在邛海边探讨法律原理，试验的电话打乱了培训班所有的程序。

我终将乘坐暖热的南风而来，大街上居然找不到自己的方位，整整两个半小时我游遍成都，虚掩的旧门道里动静几乎统一划齐。

五月天不算真正的夏天，各地天气冷热不一，西昌也没有吹过来一阵热气，成都一连几天都是连绵细雨。

编辑部的四壁全是老旧的经典，怕别人说你无聊就没事找事，坐在那里拿着笔转着圈若有所思。

还是高职称的张晓颖同事想得周到，烟灰缸可以说出最好的证词，霏霏细雨飘湿了我的疏发，转眼间一管墨水被我涂成空管。

街道啊细雨啊长长绵绵，想望着明天就是晴空万里，期盼着秋天的红柿子和天高云淡，想象着我举起又细又长的双臂，放飞心中早已羽丰的鸽子。

初三，母亲端来生日蛋

鸡蛋，在当今中国百姓眼里是再平常不过的食材了，1斤售价4至5元钱，它既不是什么高档营养品，也不是稀缺的奢侈佐餐。中国改革开放几十年，居民生活水平大幅快速提升，鸡鸭鱼肉丰腴而满溢，小小的鸡蛋仅仅是人们餐桌上不起眼的配角。现今人们为了保健，时兴食用各类蔬菜水果和各类野菜粗粮，这真是换了年代，换了中国历史早已形成的习惯，国人的生活已经跃升到更高台阶。

我与大山历来有缘，成昆线是我和彝族同胞的生命线。我有幸被派遣到大凉山顶上的甘洛火车站，从事山区铁路运输，这足以证明我的确与山有缘，山命是我的宿命，建设成昆线是我的夙愿，为山民做事与山民为伍，恐怕就是我这一生中价值追求和信念抵达的终点。

2018年春运期间，正值我在车站值班，专门迎来送往成千上万外出打工回归大凉山甘洛过年的彝汉乡亲，服务好他们是我在车站值班的职责，于是每天不准时的三顿饭都会在车站食堂解决。春节的职工食堂很不错，有鸡鸭鱼肉还有腊肉香肠，非常丰盛可口。组织上也早有周详安排：大年三十除夕之夜要求我与职工一块吃团年饭，零点安排当班职工吃宵夜饺子，之后便是我的老套路：初一汤圆初二面，初三一定要吃鸡蛋。初三为什么要吃鸡蛋而不是其他，这只是我个人的习惯，与他人无关，因为初三这天是我的生日。我想，今年的大年初三生日，只有我一个人在大凉山上的甘洛火车站度过，不知道还有没有鸡蛋吃。

因为我是个比较挑食的人，四川的正餐常常麻辣得吃不下也吃不饱。今年春节我因为工作的忙碌，无暇做到定时吃饭，几乎每天饿得饥肠辘辘，清口水流出来又吞回去。这时我自然想到了那极其平常又深入骨髓的水煮浑鸡蛋。

从小到大，一直都是母亲为我过生日，只要在母亲家欢度春节，总记得大年初三大清早，母亲会默无声响亲手为我煮好两个鸡蛋，放在锅里温热着，她叫醒我说："大儿子起来咯，锅里煮的两个鸡蛋你趁热吃了，今天给你过生日。"于是我照例就着母亲兑的一碗蜂蜜糖水，剥开热腾腾的鸡蛋一口气吃完。每年的大年初三我的生日为何如此简单，我从来没问过究竟，可能是因为春节这几天，大鱼大肉、好吃好喝的太多了，早吃腻了，我每年初三都抱着感恩和孝顺的心态，吃完两个廉价又平常、毫无创意特点的鸡蛋。可也奇怪，有好些老年人都说我命好，说我出生在春节大年这几天，不愁吃来不愁穿，永远饿不着。

那一年我刚结婚不久，第一次带着爱人回母亲家过春节。大年初三那天早晨，母亲照例为我煮熟了两个鸡蛋端到跟前，叫我趁热吃了这生日蛋。我扭头向碗里望了望，就问母亲："您怎么只煮两个鸡蛋呢？"

“怎么啦？每年你过生日，都是煮两个鸡蛋，不够你吃吗？”母亲很诧异。

我指着爱人对母亲说：“她也是今天生日。”

“她的生日也是今天？”母亲惊愕地瞪直了眼睛，看得出来她异常兴奋，三两步跑到厨房煮鸡蛋。我立刻追过去对她悄声说：“你儿媳妇的确是今天生日，而且和你儿子还是同年同月同日同时辰出生的。”

母亲听到我这句话，半张开嘴唇，表露出疑惑的眼神，随即又欣喜若狂、手舞足蹈地忙碌起来，很快煮好两个鸡蛋端到爱人手里，静静地坐下来，笑眯眯地看着我俩吃完生日蛋，又给我们讲述了生日鸡蛋的来历，解说为我们煮鸡蛋过生日的缘由。

坐在沙发上的母亲指着我说：“就是你啊，出生在20世纪60年代的第一年，那时物资紧缺，从怀上你到你落地，直到我坐月子就没见过一个鸡蛋壳，更不要说喝牛奶吃鸡肉了。你从婴儿直到能够吃饭，就没有喝过一口奶，大人们那时候饭都没得吃，哪儿有奶水喂你呢？”

母亲眼里噙着泪花：“那时候单位只供应每月每人二两油和二斤米，全家人的全部细粮就是用砂锅煨罐罐饭代替奶水，才算把你喂养大，大人们都是吃麦麸米糠熬牛皮菜汤，有时候就到车站附近农民地里寻找红薯根儿，或到河坝滩头挖野山药充饥。没有一滴油水啊，咽不下也憋红着脸往下咽，那年代人人营养严重不良，时间一长我也落下了水肿病。”母亲陷入沉思中，用手不停搓揉着她那长年累月浮肿的双腿。沉浸在遥远中的母亲，晃然从那段历史醒悟过来，她那泛着泪光的眼神直钩钩地盯着我说：“所以啊，那年月全国人口出生率很低，你能够出生也是天意,你的身体素质就不如前后几年出生的孩子。我一直觉得亏歉了你，就想着多买些实惠便宜的鸡蛋来弥补我心头的内疚，我们也只买得起鸡蛋，勉强滋补你孱弱的身体。”

在我听到这个故事之前，吃着这么寻常的鸡蛋，只为心领母亲的好意。这时候我才真正懂得这生日鸡蛋的珍贵和它蕴含的深深爱意。

难怪，每逢我们夫妻俩回家过年，母亲都要煮上四个熟鸡蛋作为“生日大餐”，没有别的，只是因为春节本来就吃腻了丰盛的新年大餐。再后来我们有了孩子，一起回母亲家里过年，长大点的孩子也常常跟我们抢吃生日鸡蛋。

“别抢了，婆婆再给你煮两个嘛。”于是母亲高兴得像孩子似的对孙子说着，于是母亲每年初三就得给我们全家人煮六个生日鸡蛋，这个习惯一直沿袭下来，成为我们这个大家族的一道独特风景和一种固执的风俗习惯。

有时春节没回母亲家，我爱人也会延续着母亲的习惯，在自己家里煮熟四个鸡蛋一同享用，履行着常年形成的仪式，或者煮好两个鸡蛋叫我揣在兜里，下基层站段抽空自己悄悄地庆贺一下生日。

今年的大年初三，是我一生中最独特的一年。这是我第一次被派遣到遥远的凉山小站，第一次远离亲朋家人，第一次单独一人在车站值班，第一次独立抓春运工作，第一次没人给我煮鸡蛋过生日。因为母亲已经离开我们有 7 年，因为我爱人孩子孙子远在千里外。就凭这几个第一次，车站上肯定没人知道我的生日在大年初三，几十年融入我血液里的生日鸡蛋就自然不会变成现实。

临近晚上10点，我接完K114次旅客列车，关掉站台所有照明，喧嚣的车站一下沉入寂寥和黑暗。我匆匆回到车站单身宿舍，感到肚子咕咕闹得正欢，便立刻想起母亲的生日鸡蛋，一扭身我飞奔下楼,车站广场一片寂静,黑灯瞎火伸手不见五指，店铺早已打烊，不对，是我记错了，广场四周所有商家的人腊月二十五就已乘火车回老家过年去了，此刻正在欢天喜地与亲人欢度良宵佳节。

我空着两手，怏怏地拖着疲惫又饥寒交迫的身躯回到宿舍，忍受着辘辘作响的肚肠，脑袋里满满的全是母亲端过来的生日蛋，两行温乎乎的泪水夺眶而出，凉悠悠地从我脸颊直流到腮边。

浓密的缠丝一般的惆怅，扒满我的身心，笼罩着甘洛车站的大年初三，母亲为我煮熟的一大碗生日鸡蛋，在我生命中，在我血液里，在我宿舍里，此刻就在我面前，飘荡着一缕缕幽香诱人的鸡蛋气味，徐徐升腾起一阵浓浓的暖洋洋的热烟……

峨眉春景入画来

灰蒙蒙的晨雾被红色的列车划破，川西平原在哐当声中渐渐醒来，火车跑了一整夜又转回上车时的站台，赶桃花节的人们距离龙泉驿站更加遥远。

还是那一缕三月清风吹人醉迷，迎面是铺天盖地的油菜黄花，像温暖的毛毯，连人带卧铺被映照得金黄，花粉过敏的人不停地打着响亮的喷嚏，通常感觉打过喷嚏就全身清爽舒坦。

把微微发热的脸蛋贴在清凉的车窗玻璃上，窗外的景物牵扯眼球紧紧跟随快速滚动。

一群鸭子聚集在池塘用翅膀把脑袋盖上，一只鸭子被飞奔的列车吸引将脖子提得老长老长，它纹丝不动地站在水塘中央，大概在想：这个世界真的奇妙，为什么列车上的人脸个个都是金黄？为什么南方的菜籽已经榨出了油？为什么我家主人的菜园里才花粉飘香？为什么我们这类动物就坐不上这飞快的列车？为什么偏要拉上这些长相更奇特的物种到处亮相……

一个农妇平端着斗碗吃着热乎乎的早饭，从碗里拨拉一半饭在地上，呼唤还在发愣的肥鸭，那只鸭子和它的伙伴们扑啦啦围过去争抢米饭，满地白花花的米饭眨眼功夫一粒也不见。

列车终究缓缓慢了下来，身穿黄背心的养路工在路基边站成一排，双手撑住黄色的捣固机向列车行瞩目礼，感动得火车司机热泪盈眶，踩响感谢的汽笛——谢谢您给予我无微不至的关注。

风雨中您走得太急

今年的五月比去年的五月还要冷些，窗外淅淅沥沥不停地下着小雨，好像有人在敲打着门栏，又好像有人在低声哭泣。

记得那是1975年，在学校里，每学期坚持学工学农又学军，黄联关公社大德大队的农民告诉我们，目前水稻亩产200公斤，还可以提高到三四百公斤，学农的领队是历史课冯老师，她说中国有个专家叫袁隆平，把高产杂交稻种子在全国各地试行。

全国全球有多少人能免受饥饿，我无法确定也没人统计，1985年我就曾经去商场抢购东西，总觉得粮食不够吃的状况还会延续下去，谁知道这30多年一路走来，缺米缺粮的风波始终没有刮起，粮食连年丰收，价格稳定。

我走过了一站又一站，金色稻浪吹过一村又一村，10年前我就曾一直做着不现实的梦，袁公您怎么不早60年出生呢？如果梦想成真，也不至于我那当合作社长的爷爷，生吞活咽白垩泥，也不至于我那当合作社员的奶奶，被粗糠菜饼硬塞得双眼冒金星，也不至于我那刚生下我的母亲说，生我时就没见过一只鸡蛋壳，泪汪汪盯着怀抱里无奶的孩子号啼。

1960年父亲回老家探亲，爷爷一家接待他像是远方的贵宾，一个人坐上桌有回锅肉和白米饭，父亲好生奇怪发问道，你们怎不过来一块吃顿团圆饭，难道你们还偷着在吃什么好东西？殊不知爷爷奶奶躲在灶台下，正吞咽着花生壳磨成的面饼饼。

父亲知晓父母家里没粮食招待自己，给老家留下粮票和钞票，回到好歹还有限量供应粮的单位，那一年年底便传来二老离世的消息。父亲就知道认死理，一直不原谅他的亲兄弟，说每月都要寄回老家 40 块钱，他们还是没能照顾好年迈的双亲。二叔、三叔不服气，说有钱也买不到一粒粮米。父亲自己也在单位上，将英纳格手表换了馒头充饥，可他至今仍然对兄弟不依不饶。

母亲习惯着无油无盐的牛皮菜羹，还是落下终生不愈的水肿病，几十年来双腿一按就起指坑，最终还是逃不过 73 或 84。看到这 40 多年中国的饭桌多丰腴，居民们享用丰产的杂交米，闯过那心酸的一关又一关，走过那艰难的一程又一程，创建出一个又一个世界奇迹，父亲因为丰产的稻米滋养，活到第 90 个春季。

今日凌晨 1 点钟，忽然间雷雨交加，山崩地裂。又是今日中午 1 点钟，天边陨落闪烁的星宿，沙漠海水盐碱地为之颤抖不已，稻田里的秧苗在风雨中哀声哭泣。

大街上民众为您送行，大风传送阵阵呼唤着袁隆平的名字，窗外雨滴淅淅沥沥还在哭泣，雨幕中的树木和花草，被大风吹得不停地躬腰又站立……

2021 年 5 月 23 日于雅安上里

五 穿越时光

铸剑屠龙记

成昆线德昌县境内的黄家坝车站附近，有一个风景优美的村寨——黄家坝村。目前的铁路沿线，这样古朴宁静的村寨已经不多见了。它清新得令人赏心悦目，恬静得犹如一幅水墨画卷，把人带入“小桥流水人家”的意境。小桥是石板桥，流水清澈见底，远近回荡着犹如古乐鸣奏的水流声。

村北头有座古老的单孔石拱桥，名曰罗曲客桥，相传是当时村里名叫罗曲客的商户大家捐银所建。桥上盖有方柱凉亭，红底烫金匾额悬挂于南北两边亭门之上。现在凉亭没有了，只有石桥两侧拱洞上方嵌着的石龙头、石龙尾还完整无损。

在桥头老黄桷树下，村里年纪最大的丁启华老大爷对我摆起龙门阵：

很久以前，由于村寨所处地势优越，风景秀丽，所以交通发达，贸易繁荣，人丁兴旺；村郊田野肥沃，安宁河盛产鱼虾，五谷丰登，牛肥马壮。村民就在这康乐宁静的环境中劳动和生活着。

每年七月二十五日，住在滤水岩山洞里的黄龙定期向村民勒索贡品，若是逾期或拒交，残暴的黄龙就要兴风作浪，用洪水冲毁这个富庶的村寨。因此村民们只好含恨纳贡。

这一年临近贡期，罗曲客找到村中的长者们商量，动员全体村民搬石抬土，沿察尔埃沟垒筑石堤，修建石桥。请来手艺精湛的赵石匠雕刻出活灵活现的雌性龙头和龙尾，嵌于桥身两侧，龙头迎着上游。请来远近闻名的方铁匠锻打出一把锋利的宝剑，剑尖朝下，安装在桥拱顶上。

七月二十五日，罗曲客带领村民隐蔽于高坡。近午时，只见察尔埃沟上游黄水汹涌翻滚，巨大的黄龙吞云吐雾，气势汹汹地直扑下来。当他看见桥拱前的雌龙，淫心勃发，疯狂地朝石桥扑腾。殊不知由于用力过猛，加上洪水推拥，他来不及停稳，穿桥而过，被拱中的利剑从头开剖到尾。黄龙剧痛难忍，满溪翻腾，搅得乱石飞滚，黄血迸溅，遍地浸流，染黄了溪水、田野、村寨。待到凶残的黄龙死去，村民们欢呼雀跃，载歌载舞，欢庆这一重大胜利。他们通知方圆百里内的乡亲都赶来庆贺并分食黄龙肉。剩余的龙肉本村也享用了半年。龙鳞做了盖房瓦，龙刺龙骨做了扁担和房梁、瓦椽。

由于黄龙血染黄了坝子，水冲不掉，雨淋不脱，因而村寨起名叫黄家坝。罗曲客带领村民，以非凡的胆略，超群的智慧铸剑屠龙的故事迅速传遍四乡，黄家坝威名大振。

听了丁启华老汉讲的故事，我被深深地感动了，同时也引发了联想：而今成昆铁路工人在沿线治理了一条条泥石流沟，保障了成昆路的安全、畅通，不也是这种屠龙精神的继承和发扬吗？

麻杆蛇害人终害己

还是在盘古开天地时，盘古王用他那开山大斧，顺着螺髻山一斧劈下去，于是出现了安宁河谷和陡峭的螺髻山。倘若你乘火车经过麻栗车站，从车窗伸出头向东望去，便会看见壁陡的月亮岩高耸在悠悠的白云间，月亮岩下散布着大大小小的石块，岁月已为它们披上了墨黑的衣裳。不过现在看不到太多的石块了，那是因为修建铁路路基和防洪工程，被搬走了不少。就在这堆石块中，诞生了一个警人的传说。

相传，在很久很久以前，麻栗坝子上住着一个勤劳勇敢的中年农夫，一天傍晚，他吃过晚饭，趁着皎洁的月色，扛着锄头到山边开荒，他使劲一锄挖下去，撬起一块簸箕大的石块，下面尽是小乱石，他就弯下腰去捡石头，突然看见乱石里有一条土红色的麻杆蛇盘得像草凳一样，正在缓缓移动。他吓得背脊上渗出一身冷汗：这是条剧毒蛇！快弄死它，不然要害人的。农夫壮着胆子一锄挖下去，只可惜没挖准，只把蛇尾巴挖断五寸长一截。麻杆蛇痛慌了，扑腾着一下子钻进乱石堆里。农夫立即把乱石块刨开，不见蛇的踪影。他非常遗憾，恨恨地捡起那节还在跳动的蛇尾巴，使足力气把它甩出老远。

话说这条麻杆蛇被那农夫一锄挖惊厥，从乱石缝里钻到很深的地下面。它躲进石洞，感觉到身子下部非常疼痛，弯过脑袋去瞅，才发现自己的尾巴被挖断了一截。它越看越觉痛，越痛就越气，越气就越想报这一锄之仇。

半夜过后，麻杆蛇悄悄地爬出洞来，顺着农夫的脚印爬了很久，雄鸡叫过头遍，才算找到农夫的家。它从门槛缝隙处爬进屋里，顺着农夫的木床脚跟爬上床边，看见那农夫在麻布蚊帐里“呼噜噜”地扯着鼾呢，麻杆蛇气愤不平，可是有麻布蚊帐隔着，它又爬不进去，于是就去咬蚊帐，那麻织的蚊帐很结实，怎么也咬不破，没有办法，它又爬到蚊帐顶上。帐顶是棉布缝制的，很好咬，它把帐顶咬了个小洞，恰好能钻得进去，于是就顺着小洞往下爬，在离农夫的脑袋有一尺远时，就再也爬不下去了。麻杆蛇就往上弯着身体一看：真倒霉！怎么爬不动呢？原来是它那尾巴上的伤口肿起核桃一般大的疙瘩，就这该死的疙瘩被卡在帐顶外面了。这时的麻杆蛇又气又急，总想把脑袋弯上去咬破帐顶，可又使不上劲；再向下伸头呢，又咬不着农夫的脑袋，它使劲挣扎了一阵还是挣不脱。听到外面村落里的雄鸡啼叫第二遍，它心更加慌了，就吊在帐子里甩来甩去，时间一长，麻杆蛇折腾得软不拉塌一点劲儿也没有了，只好干瞪眼。

天亮了。农夫睡醒了，刚好看见鼻子上方吊着一条蛇，那蛇望着自己，而且嘴里还一伸一缩地吐着蛇信子。农夫顿时吓出一身冷汗。他一下想起了昨天傍晚挖到的那条麻杆蛇：“好哇，昨天没把你挖死，晚上你倒还想来害人！”说着，农夫偏着身子翻下床，找来根竹棍，照准麻杆蛇的七寸处使劲一阵乱打，把它打得稀巴烂。

酷夏，穿行在邛崃夹关的时光隧道

2022年6月中旬以来，四川成都一直持续高温，期间再加上严格的疫情管控，打算到山区旅行避暑的愿望一直未能实现。8月上旬各媒体纷纷报道，川渝地区将遭遇1961年以来最酷热的极端天气，气温持续维持在41摄氏度以上。12日我们驾车出行，前往成都周边的山区避暑，地点就选择在邛崃和夹关两个点位。上午收拾妥当即出发，中午便到达邛崃市区，在此解决午餐以后便游览了邛崃古城。

邛崃市现隶属成都市，古称临邛，号称茶马古道第一城，也是四川最早的四大古城之一，另三个古城分别是益州（成都）、巴郡（崇庆）、鹃城（郫县）。临邛自古以来是酿酒之乡，也是西汉才女卓文君的故乡，司马相如和卓文君的那段公元前的旷世之恋就发生在这里，两千多年以来在中华民族文化发展史中不绝于史，代代相传。

司马相如作为汉赋专家，同时代的司马迁对他推崇有加，《史记》里为文学家立传的只有《屈原贾生列传》和《司马相如列传》两篇，与屈原大夫相提并论。鲁迅也在其学术著作《汉文学史纲要》里，把司马相如和司马迁并列，称“武帝时文人，赋莫若司马相如，文莫若司马迁”。在景帝时期因皇上不好汉赋，相如因而不受待见，即到梁王处混吃混喝，随着梁王去世，司马相如又无处安身，便回到家乡成都，后受好友临邛县令王吉邀约便投奔之。

其时临邛首富卓王孙设宴，司马相如和才女卓文君席间一见钟情，一曲《凤求凰》动人心扉。卓文君知其父不屑于穷秀才，连夜相约私奔到成都。卓家老员外随即捎信放出毒言：“女至不材，我不忍杀，不分一钱也”，从此断绝与文君的父女关系和经济来源。其后文君义无反顾携夫君回到临邛，于卓府对面街坊开设小酒肆以谋生计，即“文君当垆，相如涤器”。当街对面的老父被羞辱得闭门不出，然酒肆的叫卖声终日不绝于耳，老父亲最终认栽服输，“不分一钱，变为陪嫁钱一百万，家奴一百人”，另加高档家具和绫罗绸缎，夫妇满载而归置田购房，从此跃升中产阶级生活。

聪慧的卓文君看准了司马相如绝不会长期落魄失意。汉武帝继位后，司马相如应诏进京，常行走御前的相如大红大紫，一封“一二三四五六七八九十百千万”的十三字书信寄至文君故里，信中缺“亿”（忆），文君知其夫君变心。相如亦非等闲之辈，文君却也奇女子，回书相如予《白头吟》《怨郎诗》，通篇杜鹃啼血情真意切，终唤浪子回头，二人相守终生。

回望临邛古邑“相如文君”的旷世绝恋，我们晃如在时光隧道里游历，其千古唯美的爱情故事延绵不绝后世。游览完邛崃古城，我们驱车直奔避暑胜地夹关古镇，不到一小时就抵达目的地。

夹关古镇位于成都市邛崃市西部 37 公里处，距离成都 150

公里。临邛夹关古道是南丝绸之路的起始路段，夹关古镇是“天府之国”从此进入西南山区的第一个场镇。相传三国时这里即是“汉夷交界处”，是成都平原汉族聚居区的边界前沿，也是平原入夷区山野的第一站。

夹关古镇至今已有2300多年的历史，是邛崃历史上三大古镇之一，也是茶马古道的重要驿站。古镇现保存有许多明清古建筑，秦汉驿道遗址、汉代冶铁遗址、古桥碑、石牌坊、香崖寺等，是川西的历史文化重镇。

传说在三国时期，蜀汉丞相诸葛亮与夷人曾经在夹关上演过类似“七擒孟获”的戏份，只是把“七擒”演绎成“三擒”而已。被降服的夷人凭借自己的绝技提出苛刻要求，可否以一箭之路了断夷汉恩怨。诸葛丞相欣然接受，搭箭张弓西射，其箭锋沿邛崃山脉一直射达数百里外的打箭炉（康定），还算诚信的夷人因此退居康定以远，从此邛崃消除无穷边患。此说权当笑谈，但三国时期夹关确为汉夷疆界，其后因强势民族步步拓展，弱势民族逐步退缩，最终勘定以泸定和康定之间的大渡河为“汉夷边界”。

我们是首次游览夹关古镇，因为这里被不少人誉为蜀中小江南。只见古镇临河两岸小楼林立，古韵十足，参天古树掩映着吊脚木楼，白沫江岸横卧三座古老的石板桥，江边有许多垂钓的悠闲人，石板桥上有很多游泳跳水的孩子，江面上不时传来一阵阵铜铃般的笑闹声，这里也是邛崃唯一的天然生态“游泳场”。

邛崃历来有“一平二固三夹关”之说，即是邛崃的三大历史名镇，其平乐古镇早已成四川的知名旅游古镇，固驿和夹关二镇近年才开始进行文旅打造。1935 年爱国抗日军总司令孟光远（夹关镇王庄村）带领民众捣毁地方反动武装势力，在此迎接红军北上抗日，因此夹关镇列为成都邛崃市革命老区红色教育基地。

我们在夹关古镇，寻到一家名叫麻柳树客栈住了下来。坐落于清澈见底的白沫江与蒙水河交汇处的古镇，被一江之水间隔开来，形成对峙的南北两岸。在深达 1.5 米的河水里，可见成群的螃蟹、鱼虾在浅水游乐，三座石板古桥横跨南北两岸，形成“碧水倒影岸柳”的迷人景色，我们看到江边悠闲往来的居民们，不慌不忙行走在石板桥上，谈笑声在碧波之上回荡，心中生出缕缕羡慕嫉妒的情绪，漫步在白沫江边，幽静的空气清新拂面，江中流水平缓无声。入夜，吊脚楼上灯火点点，有如天上繁星跌入江中，古镇显得更加梦幻。

在古镇游览了几天，我们了解到这里美食繁多，远近闻名。夹关古镇作为南方丝绸之路和茶马古道的必经驿站，保留和传承下来一整套马帮菜系，其代表菜品主要有肉汤元、腌熏肉、过浆鸡、嫩豆花，称为“夹关四绝”。我们品尝的嫩豆花其嫩而不散，韧而不绵，特别是夹关古镇每个餐馆都有的名小吃马帮菜品“热拌卤肥肠”，其味道非常独特，游客只需挑选上好的卤制肥肠并切成小段，在滚烫的卤汁中反复熨烫，盛入盘中淋上红油葱花香菜等佐料，拌匀上桌，其热辣鲜香之味不绝于唇齿。

夹关镇的农耕文化底蕴深厚，有着保存完好的七座水力碾磨，古镇自古以来就是川康地区最繁华的黍米交易市场，古镇还有高贡爷传奇，高氏古碉堡，另有陆游在其《老学庵笔记》里提到的古瓦窑遗址。

夹关镇古称夹门关，因古镇西面的啄子山、胡大岩两峰对峙恰似洞开大门，中横白沫一水而得名。另一说缘于夹门关为茶马古道通往西南方向各蛮夷古国的第一道关隘而得名。东周的春秋时代（公元前 162 年），夹关古镇就从观崖隘口处迁徙至现在的场镇所在地。

夹关古镇是远近闻名的民俗文化发源地，远古年代的夹门关，庶民百姓延续着刀耕火种的生产方式，古镇经济发展模式为手工业和商贸交易，人们的业余文化生活极其单一。随着时代演化和物质财富的进一步丰富积累，当时的富绅衙府逐步意识觉醒，教化民风民习，倡导源于农耕文明的竞技文娱活动，各类古朴文化和民俗竞技娱乐活动亦逐步兴起，诸如传承下来的唱山歌、耍龙灯、狮灯、马马灯、幺妹灯等民俗文化活动。

特别值得一提的是，白沫江上按（扑，抓捕，亦即抢夺之意）红鸭这古老的民俗文娱活动，几千年来备受百姓称赞和瞩目。时至今日，笔者认为夹门关的“按红鸭”民俗活动即是当务之急、最值得抢救、传承和开发利用的乡村文化旅游项目，也是当前实施乡村振兴战略，巩固脱贫成果，将绿水青山守护好、开发利用好的最佳思路和途径。

在了解夹关镇民俗风情的基础上，怀着对按红鸭民俗文化竞技活动的期待，我们请教了麻柳树客栈的老板，他详细地向我们讲解了夹关古镇按红鸭民俗竞技活动的来历、习俗以及热闹非凡的规模场面。

话说夹关古镇按红鸭活动的承袭。在清朝中期的1514年冬季，由夹门关衙门总舵倡议，召集4个场口的衙署以及富贾绅士会商，决定将每年农历三月二十八日确定为夹门关民俗活动的会期，按红鸭民俗竞技活动列为会期的重要项目，从此形成夹门关按红鸭的固定习俗。

古时按红鸭活动需提前选定水手。每年农历“惊蛰”节气之后，夹门关对河两岸的富贾绅士经过会商，把当年参与按红鸭比赛的水手推荐出来。按照活动水域东西南北4个方位，确定每个方位12个强悍水手，共计需48人。之后还要汇集参赛水手，熟知按红鸭的规则和处罚规矩。

“红鸭”的数量选定和质量控制。红鸭是提前驯养在白沫江生长的野生鸭子，称之为河鸭，其性情天生狂野。首先，每年开展活动前夕，各码头派专人将挑选出的河鸭全身以朱砂涂染成鲜红色，还用鲜红绸布条拴系在雄性鸭脖子上，因此称之为“红鸭”。随后，会期之前6个月，选购100多只野性刚烈的鸭子投放白沫江中，鸭群雌雄比例须对等，以表阴阳平衡。在驯养过程中，驯养人每天3次将鸭子追撵到浅水区进行高强度追赶，每次不得少于一个时辰，历经6个月练就成强悍的鸭群；最后确定红鸭的数量也是有讲究的，每年在驯养的100多只河鸭中精心挑选72只为基数，按照河道的东南西北4个方位各分配12只，以表1年12个月，月月红火，其余24只用于投放河道中心，表示二十四个节气风调雨顺。

按红鸭传统民俗竞技活动的实施。夹门关会期设立的按红鸭活动，至今已流传500多年历史，因活动源远流长，其模式也随时代不断演变。民国二十七年（1938）元月，因抗战爆发，日寇入侵，国土相继沦陷，民不聊生。夹门关南岸码头总管宋惠枝为安定民心，激发百姓团结抗战的爱国热情，与夹门关乡长吴益俊商议当年会期事宜，决定举办一次规模盛大的按红鸭活动。方案确定后知会各码头和保甲筹集资金，落实红鸭驯养人选，指定夹门关丐帮头目绰号“姜二运”的鳏人负责驯养，他是个身型强悍、性情豪爽又乐于公益的人。各路驿差纷纷赶往四处张贴告示，夹门关周边各乡镇以及雅安、名山、芦山、宝兴等各县百姓纷纷奔走相告，彼此相约前往，很多人家还提前到夹门关来写店准备住宿等事宜。

时至三月二十八日午时，夹门关白沫江两岸人山人海，挤得水泄不通。随着夹门关“打更匠”韩金山的铜锣咣咣一敲，紧接对河两岸的28门礼炮砰砰放响，按红鸭活动正式拉开序幕。一场惊心动魄的按红鸭比赛牵动万众人心，观看比赛的民众欢呼跳跃声一阵紧接一阵，经过近两个时辰的激烈角逐，活动在响亮的铜锣声中宣告结束。

获得按红鸭数量优胜的水手，当日下午纷纷前往乡公所每人领取10个银元，喜笑颜开各自回家报喜。当天夜晚，获奖的人邀请各地好友欢聚一堂，将按得的红鸭做成一桌桌美味佳肴，席间大伙兴高采烈讲述按红鸭的精彩过程和场景，比赛或输或赢的人纷纷都来嗨吃嗨喝，夹门关的夜场生活热闹非凡，令人久久难以忘怀。

随着时代的变迁，民众始终渴望夹门关按红鸭民俗文化活动能够延续和传承。自 1950 年以来，此项民俗活动基本无人问津。改革开放以后，1989 年以及 1993 年，夹关镇政府牵头举办过两届按红鸭活动。2014 年为将夹关镇打造成“水寨茶乡”的文旅名镇，举办了一届规模较大的按红鸭民俗活动，夹关古镇周边各乡县前来观摩的民众达 4 万余人，现在回想起来那场面蔚为壮观。

听了麻柳树客栈老板绘声绘色的讲述，我们恍惚穿越到悠远的时光隧道，回望那渺远的茶马古道上，只见商贾云集的夹门关吊脚楼下和白沫江上，水手们奋力争夺大群红鸭，水珠四溅，激烈新奇的万民群情涌动、振臂高呼的欢腾景象。此刻，我们为不能亲眼看到按红鸭的古朴热闹民俗活动，感到些许无奈和遗憾，都认为在这个酷热季节来夹关游览，好像是没有选对时间。

2022 年 8 月 15 日于邛崃夹关镇

传说中的海窝子

前一段时间在成都与朋友几次聚会，不同的时间和地点听到不止一人提到“海窝子”这个地方，说到海窝子如何的好，是个有历史有文化的古镇，而且非常适合避暑休闲。大家既然都相互传颂、述说海窝子的美好，也就激起我想去那里看个究竟，体验一下海窝子是不是像传说中那样令人向往。

5月24日我们一行8人从成都驱车赶往海窝子纳凉度假。开车约1小时20分左右到达彭州市的通济镇海窝子社区。远远望去，古镇入口竖立着金色的石牌坊。牌坊为三开柱式，横梁上雕刻各色花卉，柱壁雕刻有楹联，立柱下设置有门挡和石墩，牌坊上方的匾额雕刻有“海窝子”字样。我们穿过牌坊，便正式进入古镇的地域了。

这就是传说中的海窝子，此前叫做新兴镇，因为改革要将小镇合并为大镇，现在划归附近的通济镇管辖，海窝子仅仅是通济镇下属的一个社区了。

来到海窝子，我们开始游览街区，同时尽量多了解收集有关他的基本情况和神奇传说故事。

海窝子隶属成都彭州市通济镇，位于湔江河畔龙门山脉脚下，彭白国道旁侧；始建于乾隆五十五年（1790）的海窝子，就是传说中的古蜀国都瞿上。

海窝子的神秘之处，众说纷纭，引人遐想。传说的古蜀国都瞿上，到底在什么地方，流传的版本很多，除了这双流牧马山之说外，还有新津宝墩说、郫县古城说、彭州海窝子说和广汉三星堆说等更多的民间传说。

传说彭州海窝子古镇是古蜀王国开国中心，具有悠久的历史。蜀蚕丛是远古时代黄河上游羌族的支系。后来一部分羌人从高原地区向南迁徙，自岷山山脉进入岷江流域定居下来，这一支即是蜀族祖先。蜀王柏氏建国于“瞿上”，即今海窝子。

另据传说，在远古蚕丛时候，这里名叫瞿上，是古蜀国的故都，蚕丛、柏灌、鱼凫三代古蜀王在这个江边小镇居住了数千年时间。历史上海窝子古镇也与其他古镇一样，经过多次损毁又重建，据记载上一次重建是在乾隆五十五年（1790）。最近一次重建，是2008年的汶川地震，地处重灾区的海窝子也严重损毁，古镇房屋大多破坏殆尽，直到2011年5月，经过三年重建才得以重新开街。

总的说来，龙门山下的湔江边上隐藏着一个神秘莫测又古老的海窝子。其“海窝子”的得名，比较能够让人接受的说法有两个：一是常璩的《华阳国志》史书上记载：“蜀王鱼凫，田于湔山，建都瞿上。”旧时帝王即是上天派遣下凡的天子，象征着龙，俗称龙潜于海，所以后人把此地称为“海窝子”。二是以地域有关的实物为证，即古镇上场靠近山边有一石洞，终年有冷泉流出，恰似一汪碧绿的清潭，潭水宽阔无边，深不可测，因当地人未见识过大海，即称深潭为海，称泉眼为海眼，此地即称之为海窝子。

海窝子古镇街道两侧全是木楼结构，青砖墙面，新开凿的一条河溪沿街蜿蜒流淌，经年不断。一座座精巧的石拱桥横跨小溪，颇具川西民居风韵。我们走在街面上，所见游客稀疏，异常幽静。街道两旁花卉簇拥，店铺林立，各种土特产品琳琅满目，特别是当地的名优特产范鹅肉等美食满街飘香。

现在的海窝子古镇全长1.5公里，是按汶川地震前的古镇原貌重建的。街道房屋为二楼一底，传统的木板铺门，穿斗结构，青瓦屋面，青砖墙体，前铺后舍或后坊的格局；沿湔江河畔，古镇由主街、巷子、市场等场所组成。商业欠发达的古镇上，大小茶铺有数十家却没有几个茶客，沿街两侧的街沿水渠边，种植各色花卉林木和园艺盆景，长满苔藓并盛满清水的石缸瓦盆，恰到好处地展示在街道两旁。

古镇被称为“川剧之乡”，因为是川剧大师的诞生地，更加让人感受古镇的文化魅力。沿街随处可见各种川剧元素，老街古戏台、古老传统的“瞿上故都”文化广场、各种川剧脸谱造型，可见川剧完全融入小镇居民的日常文化生活。我们在街道右侧看到一块“阳友鹤故居”指示牌，循着方向想去参观一下，可是找了整整一条街仍然没有见到踪迹。

漫步于老街的石板路上，茶铺的茶客，休闲逛街的游人只有三三两两，没有闹市的喧嚣，只有平静悠闲的居民和朴实的民风。夏季古镇气候非常宜人，早晚凉爽，在古镇旁的湔江水质清澈，游客夕阳余晖下也可到江边戏水，在此像神仙般悠哉悠哉地度过一个炎热难耐的夏天。

继续行进在海窝子街道上，我们来到古镇中部左侧的“瞿上文化广场”，半山坡上塑造一尊高大入云的“蜀王”像，这就是传说中的古蜀国的开国国王蚕丛了，只见他手持青铜器械，威武耸立。仔细端详，新修建的这个庞大的文化广场，类似于古罗马帝国进行聚会和祭祀仪式的场所。

这时候有一游客向我们介绍说，每月逢四唱大戏，每年逢重大节日，海窝子的演出队还要在此上演舞台剧《海窝子的传说》，该剧取材于海窝子古蜀瞿上之都的传说。在很久以前，海窝子有着波光粼粼的大水域，这里的人们水中捕鱼，岸边耕种，山里狩猎，过着简朴而快乐的生活。一只凶兽从海眼冒了出来，狰狞地爬上岸来祸害大海四周的村落，所到之处房倾屋倒，人伤畜死，哀鸿遍野。危难时刻，一个熟知水性、擅长捕猎的勇士挺身而出，带领人们和凶兽进行激烈的战斗，水怪终于被制服，海窝子重归平静祥和。我们多么期盼见识一场古老的文化盛宴，今天正好是 24 号，能够满足眼福的歌舞表演踪迹又在哪里呢？

继续向前走去，我们看到老街左侧有一座古刹叫“佛林寺”，寺庙大门为重檐歇山式，琉璃翘角飞檐的屋顶，横梁绘有精美飞龙造型，大门两侧设置一对大石狮。寺内建有大雄宝殿，为重檐歇山式全木结构墙体。我们走近一看标牌，才知道佛林寺是 2021 年竣工的。

参观完“佛林寺”后，沿着瞿上老街继续向前行走，来到老街出口处，这里即为传说中的“海眼”遗址。出口处还竖立一座汉白玉石牌坊，为三开三檐式，坊柱前后雕刻有楹联，坊柱底部安装有门挡和石墩，牌坊仍然雕刻有“海窝子”字样。

当我们向下榻的临溪苑农家乐老板刘建打听“海眼”来历时，刘建也围绕海窝子得名的来历，向我们讲述了一段民间的神秘传说。相传远古时期，镇子上有个叫小龙的孩子，他与母亲相依为命，小龙常年以割草为生，每天他都要割满一背篼青草回家，当他再次来到割草的地方时，那里又神奇地长出茂盛的青草来。有一年海窝子闹干旱，土地公托梦给小龙说：在你每天割草的地方，有一丛长得最盛的青草，遮蔽了东海龙王的眼睛。第二天小龙就将那棵草连根拔出；顷刻间只见大水喷涌而出。此时小龙感觉到异常的口干舌燥、浑身冒汗，于是将头伸进冰凉的泉水里降温解渴，不一会儿小龙的脑袋突然剧烈疼痛，小龙疼得在清潭里上下翻滚，随后头上就长出一对龙角，浑身长满龙鳞，猛然小龙就变成一条巨大乌龙，在水潭中不停地游动，随着水流游向东海而去。小龙拔过青草的地方，至今仍水流不断。在喷出泉水的地方，形成一汪宽阔的水潭，深不可测，人们称泉眼为海眼。据传无论是下雨或者涨洪水，海眼里的水从来不会涌溢到地面上来。人们为了纪念勇敢的小龙，就把这里称为“海窝子”，古镇因此得名。听了这段故事，我们感觉非常生动形象，不知这是刘老板听来的还是自己编排的，其实已经不重要了，因为既然是传说，怎么传怎么说都是我们能够理解并接受的。

从古镇出口向前，我们驱车来到离古镇3公里外的阳平治道观。进山门处是一尊五进六柱的硕大汉白玉浮雕牌坊，恢弘而精致，穿过牌坊即开始攀登云梯奔向道观寺庙。此道观始建于东汉末年，排位在中国道教二十四治之首，今天看见道观之中没有一星香火。参观完毕阳平治道观，我们就向左下侧步行到阳平观竹海，一行人穿行在葱茏的竹林中，清幽寂静，满眼翠竹，大家做深呼吸享受着仿佛能洗净肺腑的清新空气，完全置身在清凉舒适、超凡脱俗的意境之中。

刘建老板最后向我们介绍说，前往海窝子古镇游玩，目前交通还不是很方便。从成都开车可以直达，如果乘坐公车那就要颇费一番周折，只能从成都几经周折，到犀浦动车站乘城际列车，在彭州动车站下车，乘坐203路公交车至彭州市内的汽车客运站,再换乘客运站公交大巴车到达丹景山景区门前下车，还要乘坐开往白鹿镇的公交车然后在途中下车，方能到达海窝子古镇。

望鱼古镇的传说与落寞

6月上旬，我们邀约了10余人在雅安周公山度假期间，听到有游客介绍说，雅安周公河上游有一个古镇，构建在一块巨大石块之上，名叫“望鱼石”。恰似一尊猫状的巨石蹲在周公河畔高高的山坡上，目不转睛地望着河水中翻腾跳跃的雅鱼，“望鱼石”由此得名。

此地名还有另一传说，三国时期蜀汉猛将张飞征战曾经路过此地，但见河中雅鱼觅食遍河银光闪烁，于是就策马伫立于周公河边这块巨石上极目观望，“望鱼石”因此而得名。

望鱼古镇地处四川省雅安市雨城区南面35公里的周公河上游，紧邻洪雅县瓦屋山景区，它曾经是我国古代南方丝绸之路上临邛古道（茶马古道）的重要驿站。

这里是雅安著名特产“雅鱼”的原产地，同时红军长征时期红四方面军在此“搭台聚会、打土豪分田地、建立苏维埃政权、阻击敌军于将军坡”的地方，也是电影《被告山杠爷》的外景拍摄地。

6月8日，我们驱车前往望鱼古镇，在雅荥公路旁边停车场下车，便沿着公路左边128级呈65度陡峭的青石台阶拾级攀登，首先抵达山坡顶端的望鱼石，石头上建有一木结构亭阁，这里就是望鱼古镇的入口。古镇在地理形制上，完全具备易守难攻的防御性，这是古人防范匪盗祸患的高超智慧的展现。

望鱼古镇始建于明末清初，因古代的茶马古道在此设立驿站而形成了繁荣的街镇。古镇主要建筑构筑在一块突兀山顶的巨石上，巨石形似一只守望着周公河游鱼的巨大神猫，整个古镇彰显出中国传统的“枕山、环水、面屏”的风水观念。

望鱼古镇为一条狭长的独街，全长仅500米左右。古镇上现仅有一家咖啡店、一家蜡染制衣店、两家茶馆、三家客栈，其余另有四五家古镇土著居民。街道上寂寥荒落，四处散发出阵阵的草木腐败气息，整个古镇街道上没有一个游人踪影，街面的青石板上长满绿茵茵的苔藓，路面早已被岁月打磨得凹凸不平。

望鱼古镇街檐下面均安设青石台阶，街面全部以青石条铺设，边沿留有大小不等的孔穴，形成特殊的排水系统，即四面屋檐相互衔接，阴雨时节街上行人檐下行走可避免雨水淋沥。

望鱼古镇因地制宜构筑出呈鱼背型狭窄街道，两侧全部为木结构青瓦的街房，这些破旧的瓦楞、墙角、窗棂、门廊和梁柱，早已淹没了昔日的繁华喧嚣。古镇曾经设置有钱庄、衙门、茶园、当铺、药店、迎春楼、客栈、饭庄、寺庙和铁匠铺等。

我们游完古镇从陡峭的山崖石梯走下来，看到望鱼古镇的山坡下面有个将军坡水库，一道水库大坝将周公河水拦截成一个长4公里，宽不过70米的人工湖泊，湖中有一小小的半岛，这是个非常扎眼的景点，似有人工造景混淆生态之嫌疑。

游览完毕，我们对这个拥有400多年历史的古镇的破败衰落而感到无限惋惜。我们依依不舍告别了原生态的望鱼古镇，它那落寞寂寥的景象，将我们拽入莫名的惆怅。

麻栗古镇故居探访杂记

3月30日至4月6日，我们一家五个兄弟姊妹及其部分小辈子女一行，驱车在冕宁、西昌、德昌一线观光旅游。4月4日我们到茶马古城德昌游览完毕后，在返回西昌的途中，来到德昌县境内的麻栗古镇。

麻栗是我们大家庭，从1973至1978年居住生活的地方，是我们经常回忆、提及的地方，也是我们经常魂牵梦萦的故居。

我家当时居住在麻栗火车站，父亲在车站工作，我们一家的生活物资（凭粮本、肉票、布票、工业券等等）要从麻栗镇上购买，我们几个兄弟姊妹还要去麻栗镇上学，课余游玩也基本上是在火车站、炮连基地（原成都军区高炮训练靶场）、麻栗镇街区这三个区域内。

现在的麻栗名气可大了，它不仅是四川省十大农产品规模化种植养殖重镇之一，也是四川省主要的农旅重镇，还是茶马古道和三国古驿道的重要驿站，同时也是凉山州德昌县名优品牌“螺髻山黑山羊”的发源地。

麻栗镇位于德昌县城北部25公里处，螺髻山风景区主峰的西缘，从古镇向东面的螺髻山望去，只见眼前的陡峭山峰，掩隐在云雾缭绕处，其境内的山峰青堡堡积雪终年不化，分布着第四季古冰川；成昆铁路和108国道穿境而过。1945年与阿月乡合并建立阿麻乡，1958年更名为麻栗乡，2012年因开发螺髻山旅游西区，将银鹿乡撤销新建麻栗镇（迁至民主村）。其支柱产业为烤烟、蒜苔、桑蚕和板栗，其规模化养殖是建昌鸭和黑山羊，传统名特产品为晒醋、建昌板鸭和螺髻山黑山羊。

下午2点钟，我们一行10余人来到安宁河畔的麻栗火车站，探访44年前曾经居住生活过的地方。在火车站站台和站房浏览了一遍，大家纷纷指点着某某处原来是做什么用处的。非常幸运的是，我们在站台外面意外地见到了一位老熟人，他是原麻栗车站的扳道员何明清师傅，打过招呼，他认出了我并叫出了我的名字，交谈中得知，他已经退休多年并定居在麻栗火车站，现已年近八旬，他还讲述了他与我父亲工作生活的往事。站在旁边的是何明清的老伴，白发苍苍的她见到熟人来访，显得异常兴奋激动，于是也喋喋不休地讲述着车站的发展变迁，工作生活的变化和日常生活中诸多不便，以及这几年不断有车站原住居民回来探访的话题。

我们一家人来到站台上，兴高采烈地拍照留念。正好遇见正在值班的站长万伟，他曾经是我在西昌南站工作期间，在管辖下的黄联关车站任站长，相互问候了对方情况后他叙述道，他已经调来麻栗车站有十几年了，现在车站连同站长和职工只有6个人，车站停止了客运业务，售票房和候车室也荒废关闭了。在我们交谈过程中，正在值班的一位车站工作人员向我走来，亲切地称呼我唐叔叔，我认识他，名叫邱军，他父亲邱国权曾是我在德昌车站工作期间的同事，我记得非常清楚，他父亲邱国权是1969年在国防施工爆破中，英勇地将一个排的战友以及连长指导员从硝烟弥漫的隧道里背出来，自己身负重伤，被中央军委评为当年全军唯一的一等功臣。邱军握着我的手，频频点头说感谢老领导记性好，还记得父亲多年前的光荣事迹。

随后我们来到车站家属区观看。我们兄弟姊妹来到一栋干打垒家属宿舍前，紧挨着的几栋宿舍已经拆除，只剩下平整的一片空地作为蔬菜地了。大家都不断指点着，叙述着当年在麻栗车站生活的场景和故事。

这时候二弟手牵着他的两个孙子走过来，他指着一扇房门和门前的一棵大树说：

“我们小时候就住在这里，那时我是全家最调皮的孩子。有一次我和小伙伴们在外面一起玩，因为相互发生了争执，我就动手打了他们，回家后才知道被伙伴们告状了，我母亲就用黄荆条子打了我，并叫我跪在地上，而且还罚我不准吃晚饭。我趁大家吃饭的时候，就悄悄溜出家门跑了。天黑了，母亲带着一家人打着手电筒四处呼唤，到处寻找，寻遍车站的每个角落，直到晚上10点多钟还是没有找到我，就回到家里看看我有没有回来，可看到的却是热在锅里的饭菜不知什么时候不翼而飞了，这是谁吃的呢？于是大家又出门分头去寻找，结果还是没有找到我，这时候已经深夜了，大家只好又回到家里，进门一看愣住了，大家看到我坐在家里的板凳上，母亲一看松了口气说：‘快去把饭吃了赶快睡觉。’我就对他们说：‘我不想吃饭了！’

“其实是我趁他们吃饭时溜出去，就直接爬上门前的这棵大树顶上，利用茂密的树枝树叶作掩护，不动声色地藏了起来，等到他们出去四处寻找我的时候，我就从大树上悄悄溜下来，跑进家里快速地把饭菜吃完，又立即爬到大树顶上躲藏起来，无论他们怎么呼唤我都不吱声儿，等到他们第二次又出去寻找我的时候，我又立即从大树顶上溜下来，快速跑进家里坐好了，我判断这种情况下，母亲是不会再惩罚我的。”

二弟讲述完，他的孙子听得津津有味，手指着门前的大树说："就是这棵大树吧？哈哈哈，真是太好玩了！”大家在一旁听了，纷纷拍手叫绝，都说当时的他，真的是太聪明了。

故居探访完毕，我们又驱车前往麻栗古镇，游览古镇古老的茶马古道街区，街道上寂静没落得不见一个人影，我们小时候曾经上学的学校、政府、医院等机构均迁至民主村了。我们穿越在茶马古道同时也是三国时期的古栈道上，耳畔仿佛回荡着辽远的马帮铜铃声响，慢悠悠用了近 20 分钟，一直步行到古镇的南头，看到街头有一座古字库塔。此字库塔始建于清咸丰二年（1852），塔高 12.6 米，为仿密攒式、砖石结构建筑，既为焚化字纸之用，亦有点化风水之功。字库塔向南前行约 20 米，便是被茂密树林掩映的高崖，古驿栈道就斜着崖坎向东南方向延伸下去，一直延伸到三座“大高桥”之最低矮的石拱结构的古老大高古石桥。

傍晚时分，我们来到古老的大高桥头旁边，坐进一家“螺髻山羊肉馆”，品尝德昌县麻栗镇正宗的名优美食，这是以纯正天然的螺髻山冰凉溪水炖出来的螺髻山黑山羊肉哇！

这一天（4 月 4 日）虽然天气阴冷但运气不错，我们可是收获满满，探访了故居，游览了明清古街古塔，重走了茶马古道和三国古驿道，品尝名优美食，大家怀着愉悦的心情，顶着浓重夜色，冒着瓢泼大雨，慢悠悠地开着车向西昌方向进发。

六 远山呼唤

大凉山的向往

马蹄南去人北望，大凉山在我脑海中挥之不去，人生的罗盘将我定位在北纬28度的甘洛县。在我急切逃离大凉山多年后，时光岁月却又把我拉回到我魂牵梦萦的，那神秘、广袤而贫瘠的大山。

2017年岁末之时，我怀揣着忐忑，来到大凉山北部深山中的甘洛县，这是我既熟悉又陌生的地方。在党的十九大召开期间，中央电视台《焦点访谈》和《东方时空》栏目两次报道了凉山扶贫公益小慢车开行情况，传递出社会各阶层帮扶济贫的愿望和决心。

小慢车途经地段全是被湍急的大渡河急剧切割的高山峡谷、深沟险壑，这里自古以来没有交通。我印象里尽是衣衫褴褛的彝民和饥渴的眼神，莽莽山野长期笼罩着一片贫穷与荒凉。

我终于得到去甘洛工作的机会，起初我抱着去看一看、试一试的念头，看看那里的民众有何期盼，试一试有没有需要我做点什么有益的事儿。当我双脚踏上甘洛火车站月台的那一刻，耳畔传来甘洛彝族歌手吉克隽逸《带我到山顶》那忧伤无奈如云游一般的歌声，一首古老而又年轻的彝人歌谣：

唔吔哎，带我到山顶吔
唔吔哎，美丽的村庄
唔吔哎，妈妈的泪水
唔吔哎，忧伤别困扰她！

一群彝族孩子争相诉说：“我的爸爸出去打工了，妈妈死了。”“我爸爸吸毒坐牢了，妈妈走了，不要我了。”“我和爷爷奶奶在家里干活，我妈妈残疾干不了活。”“我买不起新衣服，经常挨饿。我每天割草喂猪喂牛喂鸡，还帮爷爷奶奶干活。”“我想认好多好多的字，想当西昌的校长。”“我要挣好多钱，在成都买好房子，养活我妈妈。”“我每天在山里要干好多活，每天都是吃土豆……”

这是腾讯记者在大凉山拍摄的彝族学龄留守儿童的视频，它反映出偏远山区少数民族因贫穷带来的深层次社会问题。

大凉山之所以贫穷落后，我想应该源于现代交通方式的开启。作为国家级贫困地区的甘洛县，它的交通工具、彝民交流及山货物质交易的通道和方式是怎样的状况呢？我回望混沌的远古，陷入悠深的沉思。

甘洛有着悠久的历史，早在2000多年前的汉武帝时期，西汉王朝置越西郡，就在甘洛县境东北部设灵关道，西北部设阑县；至唐后期在境内长达5公里的清溪峡内设立关口，向南通往南诏，成为中央王朝治理边疆的必经之道；明朝越西卫在所辖今甘洛县海棠镇设立镇西守御后千户所，辖地包括甘洛疆域并节制两个“土千户”。清朝将海棠千户所改为都司府，民国越西县辖甘洛境内彝汉两个地区，汉区辖海棠和启明二乡，彝区辖甘洛两个土司府，其中尼日河东南部的黑彝统治区为当时政令不达之地，是完全意义上典型的、与世隔绝完全封闭的奴隶社会。凉山地区民改结束后的1956年，由共产党筹备建立起呷洛县，1959年更名为甘洛县，隶属凉山彝族自治州。

在四川三星堆考古成果展示厅里，你可以看到出土的大量象牙以及上千枚来自印度洋的用作货币交换的海贝。据推测，在中国古代西南边陲存在一条隐藏在崇山峻岭中的神秘道路，这其实就是汉晋时期的“西南丝绸之路”。起点是巴蜀成都，经临邛后至甘洛海棠的灵关道再至孙水关（冕宁和喜德交接处）抵邛都（西昌），下洱海经保山及腾冲至缅甸孟拱楼，最终到达殷毒（印度）。其实，南方丝绸古驿道分为东西两条线路，东线五尺道由东向宜宾方向，西线灵关道由大渡河南岸的大树堡进入彝族居住区，即今日甘洛县海棠镇深沟的灵关道。

历史变迁，星移斗转，灵关古驿道上漫长的青石板路和深深的马蹄坑印，至今还在默默述说着西南边陲驿道的沧桑与功过。在交通闭塞的几千年来，络绎不绝穿梭在崇山峻岭中的马帮和背脚，是唯一的交通工具，它是中央王权政府联系边疆藩属的唯一方式。而甘洛境内彝人的交通途径是羊肠小道，交通工具是现存的仍在使用的藤桥和溜索，城邦和乡野交换的货物运输全靠人背马驮，世代生活在辽远大山里的彝族人民几乎与世隔绝，世代延续刀耕火种的古老原始生产生活方式，落后的交通使百姓致富无门，生活极其艰难。

1966年12月26日，这一天对甘洛人来说就是盘古开天地，是中国共产党组织的特殊兵种——铁道兵，排除千难万险，死伤数万人修建的成昆铁路，从成都至甘洛的火车，在这一天终于开通了。至此，大凉山深处的甘洛彻底告别了蛮荒时代。

火车是现代文明的使者，是现代科技的象征，它输送了先进的技术和工具，替代了刀耕火种和人背马驮，为偏远的彝区带来了内地现代城市的喧嚣和文明，持续促进甘洛县工农牧业各项事业长足发展，各民族社会生活从原始封闭走向文明开放。据县委宣传部的同志介绍，甘洛县各阶层民众的时尚穿戴和接受的思想观念，都遥遥领先于成昆铁路沿线大凉山各市县区，人民生活方式既保持固有的民族特色，又广泛吸纳现代文明健康特长，工厂矿山广泛应用先进机械技术，商贸经营模式引领时代。

进入 21 世纪，甘洛各族人民为摆脱经济发展老旧粗放及停滞徘徊状态，走出去请进来的愿望和趋势更加强烈，以 2017 年彝族年的铁路运输为例，外出打工经营和回乡过年的彝族同胞，由铁路运输的旅客发送量每天均在 1500 人以上，最高峰值达到 2300 人，旅客到达和发送量都接近 5000 人。

进入新时代，从国家层面有了区域协调发展和全面决胜小康的政治谋略，从地缘文化和社会经济生活比较，当地彝族人民渴望地区经济快速发展、尽快告别贫瘠就成为人心所向。于是西南地区经济发展与西南铁路同步发展、相互促进的战略拉开序幕，地处西南老少边陲地区的甘洛县，作为国家级经济落后、资源枯竭的山区，各族人民更加向往美好生活，社会各界渴望发展经济和改善民族生存状态，迫切希望作为国民经济大动脉的铁路加速现代化建设步伐，于是成昆二线高速铁路建设正如火如荼地全线铺开。

我来到甘洛后，社会各界各阶层人士络绎不绝地打听成昆二线通车情况，为了回答得更加真实具体准确，我就不厌其烦地解释并收集建设进展资料，我亲自驾车到甘洛县普昌镇成昆二线甘洛南站的建设工地探访,询问项目部经理工程进展情况。

我想，希望自己的点滴作为，能够缓解凉山留守学童的艰难环境，抑或能够抚慰大山深处彝族老人忧伤的心灵。你听，远处又传来急切想往的表白：

“我要努力学习考到上海读大学。我要到北京当医生，不让爷爷奶奶再伤心。我想去香港、去加拿大看大海……”

冬日里那暖暖的空气里，站台上幽幽传来的，还是那首急切期盼而又忧伤的彝歌：

就在那个山顶
听听来自天堂的声音
就在那个村庄
平息难以安静的灵魂
哦哦哦，呜啦，一起来
哦哦哦，呜啦，带我到山顶……
唔吔哎，童年的岁月吔
唔吔哎，梦中的天堂
唔吔哎，妹妹的泪水
唔吔哎，思念的歌谣
唔……吔……哎，忧伤别困扰……她！

归来兮，宁做铁路一颗垫石

从开始，我早已料到会有今天，这种结局在心中埋藏了多年，念叨无数次的重演，纵然用世界上所有的语言，还是掩饰不住那种莫名的心颤。

在铁路边我听到有人说过这话：人不穿衣服都是上天创造的胚胎，有了各式服饰才分辨出人类发展阶段。我不相信甚至更加茫然，难道人之初就已区分了善恶好歹？

这年，北京的冬天飘洒着鹅毛大雪，英语课副教授赵一兵老师居然吐出一句诗来：北京的夏天哐当一声就来临。几年了，我怎么就没听到一次响声呢。我想，倘若我们踩在一个地球板块，一年四季照样有宜人的花繁鸟鸣，倘若铁路桥梁失去一角的支撑，曾经满怀的豪情壮志也烟消云散。

润石园的背面是明星叠出的学院，这里的清晨哪有校园的肃穆寂静，全班 47 人晒着同一颗火辣辣的太阳，呼吸着教室里同一片闹哄哄的空气。

上午的飞机就像断了线的风筝，拉也拉不住还是固执的按时起飞，白云之上就是森森的太虚，迢迢天国虽好，只是太过遥远，时序乡音习俗迥然可否适应，从此我的食宿是否依然依旧，仿佛降临铺天盖地的黑沉沉雾霾或沙尘，我犹如漂浮太虚角落的一颗尘埃。

下午的火车死心塌地一路向南，过了山东就是山西，过了河北便是河南，穿山越江托运三箱故纸，委托人带回居然放在行李车上往返北京又环游了数月。

窗外掠过的都是险滩怪石,钻出隧道正看见西昌卫星离地，我真的太像别人说的那样吗？毕业不恋优越都市，奔赴腾云气柱，学成归来宁做铁道路基上的一颗垫石。

山之子

好年少的值班员，今秋才满十九春。大凉山雕出他山石样的体魄，成昆线润育成他铁轨样的灵魂。

因为大山里有太多的丰腴，山顶的太阳和雨水轮番上阵。索玛花开畔溪水，青杠枝头画眉啼，悬崖下面桥洞里，黄墙红瓦运转室，万绿丛中独挺立，风华正茂挥绿旗，列车安全创效益。

夕阳落西山，氤氲掩山岚。从山坳处，一曲彝家山歌悠扬，深山平添几分神秘。据站区老工长传说，每到傍晚时分，山坳总有仙姑飘然而至。那不是吗？站台尽头处，一位仙姑像彩云般飘上站台，歌声时近时远，彩裙飘扬。年轻值班员揉揉眼睛，一位彝族小阿米子手提青竹篮，微风吹起红黄绿墨婀娜裙，身旁绕着小黄狗，牵扯她的百褶裙，蹦蹦跳跳，与主人亲昵地撒欢。

“曲波小师傅，上班好辛苦。”好清亮好拗口，既羞涩又甜蜜。

“鸡枞菌子煮汤喝，下饭得很呢。”阿米子站在运转室门外，放下满满青竹篮。青年手摸头顶没了神儿。一瞬间，那朵彩云飘向站台头，山坳里又回荡着那悠扬山歌。

你是大山之子，是你把青春和热血献给凉山小站，大山馈赠予你不尽的情义。

向着泸定地震灾区进发

2022 年 9 月 5 日中午，我们在旅居的海窝子刚吃着午饭，那时正是中午 12 点 52 分，饭桌上有人突然说“地震了”，只见大厅的六盏吊灯在激烈抖动左右摇晃，吊灯的水晶挂件发出急促的“叮铃叮铃”声，大家都喊道“地震了、地震了”，我赶紧跑出大厅给亲人朋友打电话，询问哪里地震了。

地震，我的确经历过几次。第一次是 1974 年的邢台大地震，那时候我只 10 岁多点，车站的袁站长是河北邢台人，我听大人们说，站长老家的亲人因地震遇难，他向上级请假，一个人回老家去办理其父母的丧事。地震，这是个什么东西？是个会整死人的怪物吗？那时候我不懂什么是地震，这是第一次听说地震一词。

第二次是 1976 年的唐山大地震，在之前的几个月，消息就传达至成昆沿线：成都西昌将要发生大地震。上级调拨了很多木料和油毛毡，各单位在就近空闲场地上搭建出各式各样的地震棚，有三角形，有圆形，有方形的，家家户户收拾起衣物被褥，抢先冲进低矮的棚里争夺有利位置，所有人员都搬进去过上了棚居生活。这对于小孩子来说真是非常有趣的事情，我们照常上学，父母照常上班，欣喜地等着地震快快来临，几个月过去了，什么也没有发生，有的人家干脆搬回家里住了。7 月 29 日忽然传来消息称，28 日深夜唐山发生大地震了！大家都很惊愕，怎么会这样呢？不是说成都西昌要发生毁灭性地震吗？收音机里传来消息，唐山地震灾区遇难多少人，党中央委派国务院总理华国锋前往灾区救援慰问。随后又听说，很多从四川跑到唐山去躲避地震的人，一部分在唐山地震中遇难。怎么会这样呢？当时我们很迷惑。

后来的许多年，陆陆续续只听到其他地方发生地震的消息。第三次经历地震是我在北京读书期间，当时正上着英语课，突然课堂上一阵躁动，一部分同学冲出教室，一部分同学在座位上四处张望不知所措，英语课教授薛蕾老师一直站在讲台上停顿下来看着大家，平静地微笑着对大家说：“是的，是地震了。”我一直坐在教室的椅子上无所适从，自己从来没有亲身经历过地震，此时一点没感觉到什么摇晃，只见到教室天花板上吊着的几根日光灯管左右摆动着。大家很快平静下来，五分钟后跑出去的同学又回教室继续上课，他们原本就没跑多远。

第四次经历是在 1996 年，2 月 3 日是一个星期六，傍晚时分我休假在家里正看《新闻联播》，突然听见几栋楼宇间一阵哄闹声“地震了、地震了”，我一点没感觉，就漫步出门，见大伙都在叽叽喳喳谈论着哪里又地震了，都说震感不强，我就回到屋里继续看《新闻联播》，一会儿就看到一条插播新闻：云南丽江于 19 点 14 分 18 秒发生 7.0 级地震。那时候人们对云南丽江没什么概念，就像丽江地震离大家非常遥远似的。但是我却对丽江有深刻印象，因为在 1993 年 6 月份，我当时在宣传部工作，在丽江组织召开了一次年度“好新闻评选表彰会议”，各单位的记者、通讯员（宣传干事）以及主管部门负责人40余人，在丽江欢聚一堂完成了评比表彰和采风活动，大伙对丽江留下了美好深刻的印象，同时又写出了很多不错的散文和新闻作品。

丽江地震后我有意识持续关注救灾和恢复重建的情况报道，心里就一直想着，以后有机会一定要去丽江古城，看看震后的丽江，是否还像几年前我见到的那古朴又热情的古城一样。

在那之后的很多年，远远近近的地区发生过无数次地震，我工作的单位和地方也像走马灯一样不停变换，直至2008年，是我调入一家公司的第三年，5月12日我又经历了第五次地震事件。

这天我午睡后两点整驾车去单位上班，考虑到途经的道路塞车，就选择走另一条僻静畅通的小路。行驶中仿佛听到主公路那面有隐隐的哄闹声响，也没有在意。很快在两点半到达单位，一进大门就听到院内职工正在议论刚刚发生了地震，摇晃得非常厉害，并向我手指院内的大鱼池。我扭头一看，惊呼“好家伙！”只见鱼池里的蓄水被颠簸出来，满地横流，有两三条红红的锦鲤鱼还在地面浅水里“噼里啪啦”正跳得欢。我随即走进办公室，开始准备着收集地震灾害情况，摸排捐物捐款等事项，同时也从网络和电视上看到：汶川发生了8.0级的特大地震。随后的情况很严重，本单位有的职工家住震区及附近地区，对此类情况要组织安抚和慰问，同时我自己在社会各领域参与捐款，也组织本单位职工捐款以及党员缴纳特殊党费等工作。

第六次地震经历是在2013年，也是我在峨眉工会工作期间的第二年。这次是我唯一一次感知到剧烈摇晃的地震。4 月 20 日是星期六，我正在成都家里休周末，清晨 8 点 02 分，剧烈的震动将我从睡梦中摇醒，我一边惊呼“地震了”一边跑入客厅，抱起刚满两个月的孙子冲进卫生间，确定摇晃结束才出来给孙子穿衣服，害怕随后发生大的余震，我就带着一家老小下楼去。楼下开阔地上挤满了人，叽叽喳喳诉说刚才地震的惊险，听有人高声朗读网络信息：芦山县发生 7.0 级地震！震源深度 13 千米。

其时，天空乌云密布，狂风大作，树叶树枝打落在脸上头上，我们一家人又匆匆回到家里做早餐。近半个小时后电话才畅通，我开始联系单位调度室，拟定一个紧急通告发布各下属单位，记名式签发邻近地震灾区的各重点单位，要求立即行动起来抗震救灾，救死扶伤，巡查运输设施设备受损情况，组织生产自救，迅速恢复运输秩序；摸排房屋建筑设施受损情况，了解职工及家庭成员伤害和财产损失情况；迅速展开震后安抚和抢险救灾慰问等事项。

发完通告我立即打算回单位，可是道路交通全部封闭。铁路因受地震影响造成线路水平和轨距尺寸变化，需立即封锁进行检修；高速公路也因路面受损造成车辆堵塞，需立即抢修公路，疏散拥堵车辆。接近中午 11 点钟，才打听到只能通过 306 省道可以勉强绕行到达单位。于是我马上赶往石羊场，找到一台社会车辆，风风火火赶往单位，路上仍然时有堵车，走走停停，紧赶慢赶花费 8 小时才算走完 180 公里路程，终于在傍晚时分到达单位吃上晚饭，随后迅速投入紧张有序的抗震救灾中。一周后还协同成都一家热能公司向芦山震区捐赠了一批计 300 台斯迈特电热饮水机。

我最清醒但还是没有感觉到的是第七次地震，2019 年 6 月 17 日晚 22 点 55 分，宜宾市长宁发生 6.0 级地震，这次地震造成 16.8 万人受灾，死亡 13 人，受伤 199 人。我所在的甘洛与宜宾的直线距离很近，受灾在所难免。这一天是我轮值，地震发生时我正在信号楼开展夜查，正好坐镇指挥做了三件事。首先应急处置铁路运输的安全隐患，命令立即拦停在途运行的多趟客货运列车，封锁受地震影响区域内各个车站和区间，组织设备单位赶往辖区对设备进行检测，出动路用列车巡查因地震造成铁道线路和供电线路几何尺寸发生变化；第二就是排查管内各站站房建筑和运输、客运、货运设备受损程度，对发生危害安全的立即停止使用；第三即是追踪单位受灾的职工家庭。我知道单位有多名职工家住宜宾,且有两名正好休班回宜宾了，于是我立即电话开展慰问并询问受灾情况，职工曾奎对我说，此刻正在西安旅游，家里父母没事；正在宜宾的职工周炳成告诉我，家人都无大碍，自己正和同学在街上吃着烧烤呢。我那颗悬着的心一下回落到原位。

今年 8 月为了收集文创材料，我于 28 日晚驾车前往大邑县斜源古镇并住下来，31 日看到成都公告因疫情自 9 月 1 日 18 点至 5 日，严格管控强化核酸检测。“成都是回不去了”，我们只好转移到彭州海窝子，持续关注成都疫情管控进度，9 月 4 日又看到公告，成都疫情管控从 5 日延续至 7 日，所幸客栈老板刘建文把食宿照顾得很好。9 月 5 日 12 点 52 分，我们就在午饭桌上遭遇了泸定地震，手机搜索信息知道泸定发生 6.8 级地震，震源深度 16 千米，成都重庆等周边地区震感强烈。

此刻，我脑袋里快闪出丽江、汶川、芦山、宜宾等历次大地震的惨烈镜头，当即呈现出一个念头，成都疫情管控严格，肯定回不去了，我干脆前往泸定震区，加入抗震救灾志愿队伍，去做自己力所能及的事。

“好，就这么定了。”我们一行人收拾行装，说走就走，义无反顾地向着 310 公里外的泸定震区进发……

2022 年 9 月 5 日于彭州海窝子

香樟树，你可记得那个夏天

远方，屹立着一棵香樟树，一阵清风吹拂，树叶送来一片沙沙声，述说那个难忘的夏天。

其实真有这么一棵香樟树，它就生长在甘洛火车站建筑招待所的院子里，足有两人合抱的树干，硕大的树荫遮盖了大半个院子。听装卸队木乃锁达队长说，20世纪50年代，这里是一个劳改农场，香樟树就是那时候种下的。1962年因为成昆线建设工程重新上马，这里就成为成昆线修建单位中铁二局的一个分公司兼设备仓库，1966年成昆铁路成都至甘洛段通车以后，改建为成都建筑段甘洛招待所。

这些年，凡是来到甘洛工作或出差的人员，基本都会在这个建筑招待所住宿，我也不例外。虽然设施简陋，但招待所长期客满，大概跟老板把被褥打理得特别干净有关。于是南来北往的上班出差或施工人员，每天都会聚集在香樟树下用餐或喝茶聊天，有时同一单位的人员也会在这里小聚，开个小会安排工作或说说什么事情。

甘洛的夏天不亚于成都，这棵香樟树下就成了大伙久聚不散的信息集散地。特别是那些个闷热的夏季，香樟树下乘凉聊天从不缺人，每天如此。

2018年夏天，成昆线甘洛境内的阿寨至白果车站之间，发生了“7.30”特大暴雨，致泥石流上道，成昆线中断行车。站长带领多人直奔灾害现场抢险，我只好连续48小时不休息指挥抗洪抢险，于8月1日凌晨2:03抢通道路，8月2日上午8:00泥石流又涌上渡槽，成昆线再次中断，又经几通几断，成昆线终于在半个月后通车。这期间，我与住在招待所的抢险人员经常交流，就是在这棵香樟树底下。

2019年，按惯例我轮换的基层包保点是甘洛管内的埃岱车站。这一年凡是埃岱车站成昆复线的麻曲隧道等处施工，我都要到场监控施工作业，中铁工程局项目部的施工监管是党群部负责人刘晋（化名），每次施工作业前均派车到招待所接送铁路各单位监控人员，施工点就在中铁工程局附近，有时免不了陪我们在工程局食堂用午餐，随后就去施工作业现场，大半年下来，我也和工程局的施工人员混得很熟。

2019年7月28日，我原本在成都家中调休，看到连日阴雨不断，我心里就想：去年的这段时间就因为发生了泥石流致成昆线中断，还是提前回甘洛吧，不然真的断道就连回去的火车都没了。我中午出发，傍晚7点半就达到甘洛。

7月29日早晨，甘洛下着雨，照例是参加全段视频大交班会议，我正汇报上周防洪情况以及本周防洪重点时，传来甘洛车站调度室电话：“甘洛管内南方的南尔岗至北方的凉红车站之间发生多起泥石流，成昆线中断，请领导立即到岗应急处置，已有多趟客货列车被拦停在阿寨、南尔岗、甘洛、埃岱、凉红等车站。”我立即直奔调度室统一指挥，站长则驱车赶往泥石流灾害现场。

这次“7.29”成昆线特大泥石流，成昆线全面进入抗洪抢险阶段。这次泥石流塌方是多方向多点位发生，甘洛从此刻开始就成为一座孤岛，各方抢险救灾人员都陆续从抢通的公路来到甘洛，央视等多家媒体长期在此驻扎，各单位纷纷在甘洛成立抢险指挥部，而且都设立在招待所大院内。

来到车站调度室，我立即启动应急预案，将拦停的列车向南北方向疏通，安抚并运送受阻旅客，汇聚灾害信息，组织路内和甘洛社会力量抢险救灾，按照铁路局应急办的指示，组织力量搜救死亡失踪的众多人员。又是两天两夜没合眼，第三天我再次汇集上报灾害最新情况：成昆线“7.29”发生的交叉性多点位泥石流，直接冲毁埃岱车站铁道边的中铁工程局项目部办公驻地和周边工矿企业，以及凉红车站牛日河对岸的甘洛水电站厂房，同时流动的泥石流冲毁了800米成昆线线路，而且倒灌进入窄板沟隧道内3000米致5至10米深，抢险机具无法进入很难施展；灾害造成17人失联，主要人员是中铁工程局和甘洛水电站的员工，解救围困群众近2000人。

回到招待所休息时，听到那些聚集在香樟树下的现场抢险人员说，这次中铁工程局的伤亡人员可不少，其中有个叫刘晋的管理人员。我木然在香樟树下，久久不能释怀，脑子里浮现出刘晋的音容笑貌，耳边回荡着他那满口山西大同的土音。

8月2日上午11点整，成昆线各区段泥石流疏通，通行货物列车。下午四点，任务完成了，我也轻松下来，便乘货车回成都休假。因为道路和雨天的诸多原因，几经辗转费尽周折于第二天晚上 8 点半才回到家中。4 日得知甘洛至埃岱车站区间线路掉入一块巨石又中断成昆线，我当即决定乘动车到峨眉，再乘坐甘洛县应急汽车从成雅高速公路经石棉县回甘洛，不料在雅安草坝因公路泥石流受阻又返回峨眉住宿一晚，第二天早晨从燕岗乘铁路抢险轨道车到达甘洛管内北面的凉红车站，已经是傍晚时分，正愁没有回甘洛的交通，就接到上级指示：留守凉红，等待 7 日成昆线抢险开通，完成凉红车站开通作业卡控任务。

8 日晚上 10 点回到甘洛，天气炎热难耐。只有香樟树下乘凉人群热闹非凡，聚集着各单位抢险施工人员，大家都比较熟悉，一边乘凉一边聊天，人群里有新接任的甘洛桥隧工区工长杨铭，西昌工电段防洪办派驻甘洛指挥部的助理工程师何耀，还有汉源领工区桥路指导工长陈坤等几十人。

8 月 13 日早晨，我乘轨道车去凉红车站检查安全作业，下午乘坐抢险轨道车回甘洛，经过埃岱车站时，何耀、杨铭带领四十多个抢险清淤的民工蜂拥着扒上车来，只见他们紧挨着挤成一团，散乱无序地坐在车辆地板上，每个人不仅衣服上浸透的汗渍黏糊着泥沙，满脸还透露出饥渴和疲惫，看着让人既心疼又敬佩。

“你们怎么不安排他们休息一下呢？”我问何耀。

“板凳桥隧道里就一小段泥沙没清除，按进度明天就完成，后天安排大家休整一下，下周还要转到凉红隧道去施工呢。”何耀确定而又无奈地回答我。

2019 年 8 月 14 日中午 12 点 44 分，我午餐后照例在香樟树下小歇之时，成都车辆段甘洛驻在所的检车工长秦伟玩着手机对我说："怎么回事儿，手机没有一点信号？"

我立刻意识到将要发生什么事："糟了！"

这时司机郭立光上气不接下气跑过来叫我："书记，调度室通知你马上到岗应急处置，一切电话中断了，各车站联系不上，可能又塌方了！"

我3分钟就达到调度室，开展应急处置：了解情况、向上级报告、拦停列车、组织抢险等；还特别执行铁路局应急办主任的指示，请求甘洛县派人派车支援，车辆腾空至少五辆用于运送伤亡人员。据报告，泥石流现场只有25人成功逃离……

从这天开始，成昆线进入漫长的抗洪抢险阶段。全国、全省各地各机构派出专业团队进驻甘洛，搜救人员、抢险施工、勘测评估、实施近期通车方案、推进远期改线工程等次递展开。

这次成昆线山体崩塌，造成交通长时期中断，山体瞬间崩塌垂直落差最短距离800米，最高落差1500米，岩石砂土量超5万立方米，确认又有17人失联。国家应急部、川煤芙蓉矿、省地质勘查局、省自然资源厅等众多单位派往专家60余人，路内外出动救援人员750人（凉山、乐山、雅安的武警部队、预备役部队、应急支队警察部队、各市县应急分队和防疫医务人员未统计在内）、机具52台，无人机、蛇眼探测仪、搜救犬、单兵图传设备23台。

8月17日傍晚时分，夏日的香樟树下，照例聚集着晚饭后的人群。47岁的指导工长陈坤在灯光下，伸着被太阳晒得黝黑的手臂，一边向灾害现场值守人员分发面包火腿肠等方便食品，一边对大家说："突然就看到整座山往下坠，如果当时我不是正面对山体作业，可能也跑不了。"

桥隧工王伟补充道："就一两秒钟它就垮下来了，我心脏现在都还在颤抖……"

陈坤继续说："第一时间我边喊边往成都方向窄板沟隧道里奔跑，此刻我回头一望，同事何耀一边向昆明方向板凳桥梁奔跑一边按下对讲机报警按钮，这是周边线路上所有的施工点、防护点、车站，运行中的火车司机都能听到；杨铭也是一边跟着何耀奔跑，一边对着铁路板凳桥涵栏杆下方的几台正在施工的挖掘机司机大声喊快跑！"

陈坤停顿下来对防洪值守人员说："多拿些去吃吧，够大家吃的。"

陈坤怕我们听不懂又解释道："当时轰隆的声音很大，我只看到他慢下半步，扭头对着挖掘机方向张大嘴巴喊话，声音被压住了，肯定是喊快跑嘛。也就一秒钟就被黑压压的山体推倒不见踪影了，实际上他们当时跟我们一样，是跑得掉的。"

陈坤控制不住自己的情绪："就是这个举动，剩下的25个施工人员逃离灭顶之灾啊。这个话我今天对记者也是这样说的。"

更加使我们感动的是，灾害发生后的第二天，陈坤以及剩余的25个抢险施工人员又加入到搜寻失联者的救援队伍中了。

山体崩塌现场的铁道和板凳桥梁已经被岩石掩埋得无踪无影，桥涵栏杆下的几台大型挖掘机，被崩塌的巨大山体瞬间冲击到100多米外的牛日河对岸，并且还完整无缺地摆放在对河岸边上。

中央电视台以及中新网等10余家媒体均报道“8.14”山体崩塌灾害抢险情况：“这是一场关乎生死的抉择，这群铁路人没有犹豫，让群众撤至安全区域后，成昆人逆行而上……”

成昆线甘洛境内的抗洪抢险进入常态化阶段，铁路局为成昆沿线的铁路职工开行了周末通勤大巴车。甘洛以北继续抢险施工，抢险人员通勤是从汉源方向去成都；甘洛以南铁路已经抢通，于是甘洛以南成昆沿线各车站职工，包括驻甘洛的各单位抢险施工人员一起，每周五乘坐抢险轨道车和小慢车，摇晃8个小时，行程200多公里到达冕宁车站下车，反转向北换乘通勤大巴车，经雅西高速公路行驶450公里分别绕回峨眉和成都轮休，每周日又按原路线返回甘洛。这是最佳方案，否则仅乘火车通勤的话，其结果就是从甘洛向南出发，长途奔波2000多公里，经由越西、冕宁、西昌、攀枝花换乘动车，再经昆明、贵阳北、乐山，最后到达成都。

8月20日是周日，一只浩浩荡荡的280多人的通勤大军，分别从成都峨眉两地乘大巴抵达冕宁，鱼贯般涌入冕宁车站，烈日下的职工们，拿着手里的太阳帽或其他什么，在耳边不停扇着凉风，或坐或站立在冕宁站台上的两棵高大的香樟树下，乘着幽幽清凉，一边聊天一边等待回甘洛的小慢车。

冕宁站台上的这两棵威武的香樟树，使我想起了它们能够保留至今艰难的一幕。

2010年5月1日我被派遣到冕宁中心站任职，说好三个月，实际是半年，主要职责两项，一是卫星发射专运任务，二是接受“三标建设推标”验收，建设的规模和标准是树立成昆线学习样板。7 月中旬施工最大项目是重修出站口闸门楼及其 50 米围墙，正好是香樟树的位置。负责修建的西南房建公司，正要砍倒这两棵大树，我作为设备使用单位负责人，断然拒绝砍树方案，提出改为将出站口闸门楼和围墙整体向外侧广场后退三米，保留车站职工和旅客都非常喜爱的两棵风水树。西房建当即不同意，工期一拖再拖，后经反复磋商，施工方终于在 8 月底拿到修改方案批复，施工即刻实施。10 月 1 日，新的站场设施映衬下的两棵形若华盖、绿荫送凉的香樟树，骄傲地挺立在冕宁站台上，每天为南来北往的旅客送去阵阵清凉。

这时候，同行的陈坤以及西昌工电段的通勤职工们也围坐在香樟树下，相互打招呼聊着天。陈坤说："大伙今天晚上回到甘洛早点休息，明天还是凉红车站窄板沟隧道的抢险清淤作业哈！"

"要得哦！"大伙一边答应着，一边登上开往甘洛的小慢车。

8 月 21 日 12 时 44 分，是成昆线"8.14"山体崩塌灾害发生 7 天后的死难者祭奠日。经七昼夜搜寻只发现失联者遗体 12 具。这时，山体坍塌清淤现场，搜救人员和全国各地赶来的死难者亲属数十人，自发聚集在崩塌现场点燃香火，肃立默哀，向英雄致敬。

成昆线终于传来重大消息，11 月 8 日恢复客车通行，甘洛及成昆沿线人民欢欣鼓舞，奔走相告，比过节还要开心。

随后的 2020 年 12 月 12 日，四川省人民政府下达了《关于评定夏小强、杨铭、何耀为烈士的批复》。

今天，也就是 2022 年 12 月 26 日上午 8 时 05 分，成都至西昌方向的动车从成都南站缓缓开出，从此结束了成昆线无动车的历史，开启了大凉山乃至川南地区现代交通的序曲。

日月更替，夏天的故事还在延伸，无论是成昆线还是成昆复线，它们既然是修建在世界罕见的地质灾害频发的板块上，就注定了它的修建和维护成本无法估量，这也预示着今后的成昆双线的守护者们，必将继续经历更多难以想象的磨难，付出更多难以言表的辛酸。

春去冬来，人们似乎对过往渐已淡忘，特别是当人们乘坐在新开通的动车上，行驶在千里大凉山那如诗的画廊之间。你可知道，那棵骄阳下的香樟树，继续为南来北往的人们撑起绿荫，微风中还在娓娓述说那个夏天……

2022 年 12 月 26 日记于成都

后 记

我作文的心路历程

我是出生在大平原的，后来命运使我与大山结缘，现今大山已渐行渐远。1978年高考前夕，我就悄悄选定了志愿，决意报考云南地质学院，心想毕业后就可以背着行囊拿着小铁锤，成天在大山里转悠，考察美丽山川江河，找寻矿石宝藏。可命运偏跟我开玩笑，没能如愿。其实写作我动手很早，读高一就开始写中篇了，教务主任可以作证，出版社寄来的退稿最先就由他收悉，放学时班主任就叫我去教务处取邮件。

我在初中时就开始看《写作基础知识》了，还是上下册的，但我并不喜欢这些，从来没有想过自己能够当什么作家，高中的语文科刘温华老师在全班宣布过，全班同学都可以成作家，唯独你不可能。后来我考取了工业会计专业，我很不喜欢。

参加工作以后我做了好几年苦累脏险的工作，遵父母之命是为生计。母亲从我很小的时候就教育我多读书，说没文化要吃亏，我没真正听进去。

八十年代初中期，单位领导给我布置额外任务，写工作总结和通讯报道，多宣传单位取得的成就，我写了不少，领导非常高兴，我自己还在此期间顺带写了不少诗歌寄给报纸，写的散文大部分是县市报刊编辑的约稿。九十年代我一直在大机关上班，主要任务是写公文，那时候大兴调查研究之风，我要花大量时间和精力写调研论文和调查报告，基本没有时间写诗歌和散文了。从 1999 年开始，我的工作、岗位、单位就像走马灯似的变换，我都头晕眼花，有时候我还没来得及坐进办公室一回，又被调到另一单位了，这种状况下就更难有心思进行业余创作了，这种状况一直持续到 2013 年。真正拿起笔开始自觉创作，缘自我的一场大病。

我不是作家，作家才有资格出书，这是我的粗浅认识。在我的人生道路上，足有两个十年是空档，没写任何文学作品，在断断续续的岁月缝隙中，我只是积累了几篇文章。已经出书和即将出书的朋友，鼓励我快快出书，说：“你出书简直不成问题。”我回去看看，翻箱倒柜就找到杂志上保留的这几十篇，还有一部分在外地无法找回，算一算现在勉强拼凑一本薄册子。

我出这册子，至爱亲朋是不支持不赞成的，原因很简单，做这种事太耗费精力。为啥我不听劝非要一意孤行？我的道理是，这辈子我走进山里又从山里一路走出来，山路上的和山路边的我感受颇丰，这山路上留存了太多的苦辣酸甜、难以割舍的深情厚谊、去恶存善的愿景……我的父母虽然已经离我远去有十二年了，他们身教言传使我明白做人做事的道理，形成善良坚韧的品质。这么多年以来，总依稀听到大山深处传来一声声呼唤我的名字。就为这纪念，就为这记录，我毅然决然将这些笨拙文字编撰出来。

有文朋好友莫名地惊呼，“哇，我们好期待啊！”

我却犯起了嘀咕，“我这个丑媳妇现在真的害怕出来见公婆了，你们不可抱太大希望。”

我的这本小册子或许真要让你们失望噢。

2023年3月6日于成都荆竹坝